ALTIN
KİTAPLAR

KİTABIN ORİJİNAL ADI
FOR ONE MORE DAY

YAYIN HAKLARI
MITCH ALBOM ©
ALTIN KİTAPLAR YAYINEVİ
VE TİCARET A.Ş.©

KAPAK DÜZENİ
GÜLHAN TAŞLI

BASKI
1. BASIM / KASIM 2006
AKDENİZ YAYINCILIK A.Ş.
Matbaacılar Sitesi No: 83
Bağcılar - İstanbul

ISBN 975 - 21 - 0769-9

ALTIN KİTAPLAR YAYINEVİ
Celâl Ferdi Gökçay Sk. Nebioğlu İşhanı
Cağaloğlu - İstanbul

Tel: 0.212.513 63 65 / 526 80 12
0.212.520 62 46 / 513 65 18

Faks: 0.212.526 80 11

http://www.altinkitaplar.com.tr
info@altinkitaplar.com.tr

ALTIN KİTAPLAR

Mitch Albom

bir gün daha

TÜRKÇESİ
ZELİHA İYİDOĞAN BABAYİĞİT

ALTIN KİTAPLAR

Yazarın Yayınevimizden Çıkan Kitabı

CENNETTE KARŞILAŞACAĞINIZ BEŞ KİŞİ

Bu kitap, sevgiyle annelerin annesi
Rhoda Albom'a adanmıştır.

"Bir tahmin edeyim. Neden kendimi öldürmeye çalıştığımı bilmek istiyorsun."

- Chick Benetto'nun bana söylediği ilk sözler

Bu hikâye bir aileyle ilgili ve bir hayalet söz konusu olduğu için ona hayalet hikâyesi de diyebilirsiniz. Ama her ailenin bir hayalet hikâyesi vardır. Ölüler gittikten sonra uzunca bir süre masalarımızda oturmaya devam ederler.

Şimdi anlatacağım hikâye Charles "Chick" Benetto'ya ait. O hayalet değildi. Çok gerçekti. Onu bir cumartesi sabahı, Küçükler Ligi'ne ait beysbol sahasının tribünlerinde denizci yağmurluğuyla oturmuş naneli çiklet çiğnerken buldum. Belki onu beysbol günlerinden hatırlarsınız. Ben kariyerimin bir kısmını spor yazarı olarak geçirdim, bu yüzden bu isim bana tanıdık geliyordu.

Geriye dönüp bakınca onu bulmam kaderdi. Pepperville Beach'e yıllardır ailemize ait olan küçük bir evi kapatmak için gelmiştim. Havaalanına geri dönerken kahve içmek için durdum. Caddenin karşısında mor tişörtlü çocukların top atıp vurduğu bir saha vardı. Oraya doğru yürüdüm.

Çitlerin arkasında, parmaklarım zincir çitlere sıkıca yapışmış bir şekilde dikilirken, yaşlı bir adam çimleri biçiyordu. Bronz tenli ve buruş buruş bir adamdı, ağzında yarısı içilmiş bir puro vardı. Beni görünce çim biçme makinesini kapatıp yanıma geldi ve sahadakilerin arasında çocuğum olup olmadığını sordu. Hayır deyince orada ne yaptığımı sordu. Ona evi anlattım. Ne iş yaptığımı sordu, ben de anlatma hatasını yaptım.

"Yazar ha?" dedi purosunu çiğneyerek. Sırtı bize dönük olarak koltuklarda tek başına oturan bir adamı işaret etti. "O adama bir bakman lazım. *İşte* sana bir hikâye."

Bunu her zaman duyardım.

"Ya öyle mi? Nedenmiş?"

"Bir zamanlar profesyoneldi."

"Hımm."

"Galiba Dünya Kupası'nda oynadı."

"Hımm."

"Ve kendini öldürmeye çalıştı."

"Ne?"

"Evet." Adam burnunu çekti. "Duyduğum kadarıyla hayatta kaldığı için çok şanslıydı. Adı Chick Benetto. Annesi eskiden buralarda yaşardı. Posey Benetto." Kıkırdadı. "Delişmen bir kadındı."

Purosunu yere atıp üstüne bastı. "Bana inanmıyorsan git ona sor."

Çim biçme makinesine geri döndü. Çitleri bıraktım. Çitler paslanmıştı ve bu pasın bir kısmı da bu elime bulaşmıştı.

Her ailenin bir hayalet hikâyesi vardır.

Tribünlere yaklaştım.

Benim burada yazdıklarım Charles "Chick" Benetto'nun o sabah sohbetimizde bana anlattığı şeylerin -biraz uzatılmış hali- yanı sıra benim kişisel notlarım ve daha sonra kendi başıma bulduğum günlüğünün sayfalarından oluşuyor. Bütün bunları aşağıdaki gibi onun ağzından anlatılmış bir hikâye halinde harmanladım, çünkü onun ağzından dinlemezseniz hikâyeye inanacağınızdan emin değilim.

Yine de inanmayabilirsiniz.

Ama kendinize bir sorun: Hiç sevdiğiniz birini kaybettiğiniz ve onunla son bir sohbet şansı, sonsuza dek var olacaklarını düşündüğünüz zamanı telafi etmek için bir şans daha istediğiniz oldu mu? Eğer olduysa bütün hayatınızı günleri toplayarak geçirebileceğinizi ve hiçbirinin de geri gelmesini istediğiniz güne ağır basmayacağını biliyorsunuzdur.

Ya o günü geri alırsanız ne olur?

Mayıs 2006

I. Gece Yarısı

Chick'in Hikâyesi

Bir tahmin edeyim. Neden kendimi öldürmeye çalıştığımı bilmek istiyorsunuz.

Neden hayatta kaldığımı bilmek istiyorsunuz. Neden ortadan kaybolduğumu. Bunca zaman nerede olduğumu. Ama önce neden kendimi öldürmeye çalıştığım, tamam mı?

Önemli değil. İnsanlar bunu yaparlar. Kendilerini benimle kıyaslarlar. Sanki dünyanın bir yerlerine çizilmiş bir çizgi vardır ve eğer onu hiç geçmezseniz kendinizi bir binadan atmayı ya da bir şişe hap yutmayı hiç düşünmezsiniz, ama eğer geçerseniz bunu yapmayı düşünebilirsiniz. İnsanlar benim o çizgiyi geçtiğimi düşünüyorlar. Kendi kendilerine soruyorlar: "Hiç *onun* kadar yaklaşabilir miyim?"

Gerçek şu ki, öyle bir çizgi yok. Yalnızca sizin hayatınız var, hayatınızı nasıl mahvettiğiniz ve sizi kimin kurtaracağı.

Ya da kimin kurtarmayacağı.

Geriye dönüp baktığımda yaklaşık on yıl önce annemin öldüğü günü çözmeye başladım. O gün orada değildim, ama olmalıydım. Bu yüzden yalan söyledim. Bu kötü bir fikirdi. Cenaze töreni sırlar için uygun bir yer değil. Mezar taşının önünde dikilip bunun benim hatam olmadığına inanmaya çalıştım, sonra on dört yaşındaki kızım elimi tutup kulağıma fısıldadı. "Veda etme fırsatın olmadığı için üzgünüm baba." Ve tetiği çeken cümle bu oldu. Dağıldım. Ağlayarak dizlerimin üstüne çöktüm, ıslak çimenler pantolonumun dizlerini lekeledi.

Cenazeden sonra o kadar sarhoş oldum ki, kanepede kendimden geçtim. Ve bir şeyler değişti. Bir gün, hayatınızı altüst edebilir ve o gün benimkini acımasızca altüst etti. Çocukken annem hep tepemdeydi; tavsiyeler, eleştiriler, bütün o boğucu annelik çabaları. Beni rahat bırakmasını dilediğim zamanlar çok olmuştu.

Ama sonra rahat bıraktı. Öldü. Artık bana gelmiyordu, telefon açmıyordu. Ve ben farkına bile varmadan sanki köklerim sökülmüş gibi, sanki bir nehrin bir kolunda ilerliyormuşum gibi sürüklenmeye başladım. Anneler çocuklarıyla ilgili bazı yanılgıları desteklerler ve benim yanılgılarımdan biri de kim olduğumdan hoşlandığımdı, çünkü annem hoşlanıyordu. O ölünce bu fikir de yok olup gitti.

Gerçek şu ki kim olduğumdan hiç hoşlanmıyordum. Zihnimde kendimi hâlâ umut vaat eden genç bir sporcu olarak görüyordum. Ama artık genç değildim ve sporcu da değildim. Orta yaşlı bir satıcıydım. Umudum uzun zaman önce kaybolmuştu.

Annem öldükten bir yıl sonra mali açıdan olabilecek en aptalca şeyi yaptım. Bir satıcı kadının beni kandırarak yatırım planına sokmasına izin verdim. Kendine güvenli, cıvıl cıvıl havası ve bluzunun iki düğmesi açık olan kadın o kadar genç ve güzeldi ki, yanından geçtiği yaşlı bir erkeğin içinin burkulmasına neden olurdu. Tabi eğer kadın onunla konuşuyorsa durum değişirdi. Erkek aptallaşırdı. Önerisini dinlemek için üç kez buluştuk: iki kez onun ofisinde, bir kez bir Yunan restoranında. Uygunsuz bir şey değildi bu, ama parfümü zihnimi altüst ettiğinde tasarrufumun büyük bir bölümünü şu anda hiçbir değeri olmayan hisse senetlerine yatırmıştım bile. Kadın hızla Batı Sahili'ne "transfer oldu". Karım Catherine'e paranın nereye gittiğini açıklamak zorunda kaldım.

Ondan sonra daha fazla içmeye başladım -benim zamanımdaki oyuncular hep içerdi- ama bu durum zaman içinde iki satış işinden kovulmama neden olan bir sorun haline geldi. Kovulmak daha fazla içmeme neden oldu. Uykularım kötüydü. İştahım kötüydü. Hareketsiz dururken yaşlanıyorum gibi geliyordu. İş bulduğumda ceplerimde ağız çalkalama suyu ve göz damlaları taşımaya başladım. Müşterilerle buluşmadan önce hızla lavabolara koşar olmuştum. Para bir sorun haline geldi; Catherine ve ben bu konuda sürekli kavga ediyorduk. Zamanla evliliğimiz yıkıldı. Catherine benim sefaletimden bıktı ve ben onu suçladığımı söyleyemem. Eğer kendinize karşı kabaysanız herkese, hatta sevdiklerinize karşı bile kaba olursunuz. Bir gece beni dudağımda bir kesik, kucağımda beysbol eldiveniyle bodrumda kendimden geçmiş halde buldu.

Kısa bir süre sonra ailemi terk ettim ya da onlar beni terk ettiler.

Bu yüzden anlatamayacağım kadar utanıyorum.

Bir apartman dairesine taşındım. Aksi ve mesafeli biri oldum. Benimle birlikte içmeyecek herkesten kaçmaya başladım. Annem hayatta olsaydı bana ulaşmanın bir yolunu mutlaka bulurdu, çünkü bu konuda çok iyiydi. Kolumu tutar ve bana, "Hadi Charley, sorun nedir?" derdi. Ama o artık yoktu ve ebeveynler öldüğünde böyle olur. Her kavgaya arkanızda destekle değil yalnız olarak girdiğinizi hissedersiniz.

Ve bir gece ekim ayının başlarında kendimi öldürmeye karar verdim.

Belki şaşırmışsınızdır. Belki benim gibi adamların, Dünya Kupası maçlarında oynamış birinin intihar kadar dibe vurmayacağını, çünkü bu insanların en azından "hayallerinin gerçekleşmiş olduğunu" düşünüyorsunuzdur. Ama yanılıyor olabilirsiniz. Hayalleriniz gerçekleştiğinde olan şey, aslında istediğiniz şeyin bu olmadığına dair ağır, insanı eriten bir farkındalıktır.

Ve bu sizi kurtarmaz.

Beni bitiren, kıyıdan inmeme yol açan şey, kulağa çok garip gelse de kızımın düğünü oldu. Uzun, annesininki gibi kestane rengi düz saçlar, aynı dolgun dudaklarla yirmi ikisindeydi artık. Öğleden sonra yapılan bir törenle "harika bir erkekle" evlendi.

Bildiğim tek şey bu, çünkü düğünden birkaç hafta sonra daireme gelen kısa mektupta yazdığı tek şey buydu.

Görünüşe göre içkim, depresyonum ve geneldeki kötü davranışlarımla düğünü riske sokacak bir utanç kaynağı olmuştum. Bu yüzden o mektubu; kızımla yeni kocasını bir ağacın altında el ele dururlarken ve mutlu çifti şampanya içerken gösteren iki fotoğrafla birlikte almıştım.

Beni dağıtan ikinci fotoğraf oldu. Bir daha asla tekrarlanmayacak olan o samimi pozlardan biriydi, ikisi cümlenin ortasında gülerek durmuş, kadeh tokuşturuyordu. O kadar masum, o kadar genç ve o kadar... geçmiş zamandı ki. Benim varlığımla alay ediyor gibiydi. *Ve sen orada değildin.* Bu adamı tanımıyorum bile. Eski karım tanıyordu. Eski arkadaşlarım tanıyordu. *Ve sen orada değildin.* Bir kez daha. Önemli bir aile toplantısında bir kez daha yoktum. Bu kez küçük kızım elimi tutup beni rahatlatmayacaktı; o başka birine aitti. Bana sorulmamıştı. Bana yalnızca haber verilmişti.

Kızımın yeni adını taşıyan mektuba baktım *(Maria Lang, Maria Benetto* değil). İade adresi de yoktu (Neden? Onları ziyaret etmemden mi korkuyorlar?). İçimde bir şey o kadar derinlere çöktü ki onu artık bulamaz oldum. İnsan, tek çocuğunun hayatından çıkarılıp atılınca çelik bir kapının kilitlendiğini hissediyor; kapıya vuruyorsun vuruyorsun, ama seni duyamıyorlar. Duyulmamak vazgeçmenin zemin katıdır, vazgeçmek de kendini öldürmenin.

Ben de denedim.

Çok önemli değildi, ne anlamı var ki? Ya da daha çok ne fark ederdi ki?

Sarsılarak Tanrı'ya geri dönerken,
Şarkıları yarım, işleri yarım,
Kim bilir berelenmiş ayaklarıyla hangi yollardan geçti,
Hangi barış veya acı tepelerini kazandı?

Umarım Tanrı gülümseyerek onun elini tuttu.
Ve dedi ki: "Zavallı okul kaçağı, tutkulu ahmak!
Hayatın kitabını anlamak zordur:
Neden okulda kalmadın ki?"

(Charles Hanson Towne'ın bir şiiri,
Chick Benetto'nun eşyalarının arasındaki
bir defterin içinde bulundu.)

Chick Her Şeyi Sona Erdirmeye Çalışıyor

Kızımın mektubu cuma günü geldi, böylece hafta sonu içki âlemi için bol bol zamanım oldu. O hafta sonunu pek hatırlamıyorum. Pazartesi sabahı uzun, soğuk bir duşa rağmen işe iki saat geç kaldım. Ofise vardığımda orada kırk beş dakikadan az kaldım. Başım zonkluyordu. Ofisim bana bir mezar gibi geliyordu. Fotokopi odasına girdim, sonra banyoya, sonra asansöre. Yanımda ceketim ve çantam yoktu, böylece eğer birisi hareketlerimi izliyorsa bunun normal olduğunu düşünecekti, planlı bir kaçış değil.

Ama bu çok aptalcaydı. Kimsenin umurunda değildim. Burası bir sürü satıcının olduğu büyük bir şirketti ve artık bildiğimiz gibi bensiz de hayatta kalabilirlerdi, çünkü asansörden park yerine doğru yürüyüşüm oranın bir çalışanı olarak yaptığım son eylem oldu.

Sonra bir sokak telefonundan karımı aradım. İşteydi.

"Neden?" diye sordum telefonu açınca.

"Chick?"

"Neden?" diye tekrarladım. Öfkemi köpürtmek için üç günüm olmuştu ve ağzımdan çıkan tek kelime buydu. "Neden?"

"Chick." Sesi yumuşamıştı.

"*Davet* bile edilmedim mi?"

"Bu onların fikriydi. Düşündüler ki..."

"Ne? Daha güvenli olacağını mı düşündüler? Bir şey yapacağımı mı sandılar?"

"Bilmiyorum..."

"Ben bir canavarım? Öyle mi?"

"Nerdesin?"

"Ben bir canavarım."

"Dur."

"Gidiyorum."

"Bak Chick, o artık çocuk değil ve eğer..."

"Beni savunamaz mıydın?"

İç çektiğini duydum.

"Nereye gidiyorsun?"

"Beni destekleyemez miydin?"

"Üzgünüm. Durum biraz karışık. Damadın da bir ailesi var. Ve onlar..."

"Birisiyle mi gittin?"

"Ah Chick... şu anda işteyim, tamam mı?"

O anda kendimi hiç olmadığı kadar yalnız hissettim ve o yalnızlık ciğerlerime oturup her şeyi ezdi, artık yalnızca hafifçe soluk alabiliyordum o kadar. Söyleyecek bir şey kalmamıştı. Ne bu konuda, ne de başka konuda.

"Önemli değil," diye fısıldadım. "Üzgünüm."

Bir duraklama oldu.

"Nereye gidiyorsun?"

Telefonu kapattım.

Ve sonra son kez sarhoş oldum. Önce sıska, yuvarlak suratlı, kızımın evlendiğinden daha büyük olmayan bir çocuğun barmenlik yaptığı Ted'in Yeri adlı barda, daha sonra daireme geri dönüp biraz da orada. Mobilyaları devirdim. Duvarlara yazılar yazdım. Sanırım düğün fotoğraflarını çöp öğütücüsüne bile attım. Gecenin bir yarısında eve gitmeye karar verdim, yani büyüdüğüm Pepperville Beach kasabasına. Arabayla iki saatlik yoldu, ama oraya yıllardır gitmiyordum. Dairemde dolaşıp yolculuk için hazırlanıyormuş gibi daireler çizdim. Vedalaşma yolculuğu için fazla bir şey götürmeye gerek yoktu. Yatak odasına girip çekmeceden silahımı aldım.

Sendeleyerek garaja inip arabamı buldum, silahı torpido gözüne koydum, ceketimi arka koltuğa attım, belki de ön koltuğa ya da belki de ceket zaten oradaydı, bilmiyorum. Tekerlekleri gıcırdatarak caddeye çıktım. Şehir sessizdi, ışıklar sarı sarı göz kırpıyordu. Hayatıma başladığım yerde son verecektim.

Tanrı'ya geri dönecektim. O kadar basit.

Charles Alexander'ın

doğumunu duyurmaktan gurur duyuyoruz

3 kilo 3850 gr,

21 Kasım 1949

Leonard ve Pauline Benetto

(Chick Benetto'nun belgelerinden)

Hava soğuktu ve hafif bir yağmur yağıyordu, ama otoyol boştu ve ben yalpalayarak dört şeridin her birini kullanıyordum. İnsan benim kadar sarhoş birini polisin durduracağını düşünüyor, ama o gece durdurulmadım. Bir ara bütün gece açık olan marketlerden birine bile girdim ve ince bıyıklı Asyalı bir adamdan altı kutuluk bira aldım.

"Piyango bileti?" diye sordu.

Yıllarca sarhoşken aklı başında bir görünüm vermeyi başarmıştım; yürüyen alkolik. Bu soruyu biraz düşünüyormuş gibi yaptım.

"Bu kez istemiyorum," dedim.

Biraları torbaya koydum. Gencin bakışlarını yakaladım, iki donuk, karanlık göz. Kendi kendime düşündüm, *Dünyada göreceğim son yüz bu.*

Bozukluğu tezgâha bıraktım.

Kasabamın tabelasını görene kadar -PEPPERVILLE BEACH, ÇIKIŞ 1 MİL- biraların ikisi bitmişti bile ve bir tanesi yolcu tarafındaki koltuğun her yerine dökülmüştü. Silecekler çalışıyordu. Uyanık kalmak için mücadele veriyordum. "Çıkış 1 Mil" diye düşünerek kendimden geçmiş olmalıyım, çünkü bir süre sonra başka bir kasabanın tabelasını gördüm ve çıkışı kaçırdığımı fark ettim. Kontrol paneline bir yumruk indirdim. Sonra arabayı tam orada, otoyolun ortasında döndürüp ters yönde gitmeye başladım. Hiç trafik yoktu ve zaten umurumda da değildi. Çıkışa doğru gidiyordum. Gaza bastım. Az sonra bir rampa görüş açıma girdi -ama bu çıkış rampası değildi- direksiyonu rampaya doğru kırınca tekerlekler gıcırdadı. Uzun dönemeçlerden biriydi, direksiyon kilitli pozisyonda kalırken hızla dönüp aşağıya doğru ilerledim.

Birden güneşe benzer iki dev ışık beni kör etti. Sonra bir kamyon kornası gürledi, sarsıcı bir çarpışmanın ardından arabam şarampole uçup sertçe yere indi, gümbürdeyerek yardan aşağıya inmeye başladı. Her yerde cam kırıkları vardı, bira kutuları birbirine çarpıyordu. Direksiyonu sertçe kavradım, araba geriye çekildi, beni karnımın üstüne fırlattı. Bir şekilde kapının kolunu bulup asıldım. Yalnızca karanlık gökyüzünü, yeşil otları, gök gürültüsünü andıran sesi ve yüksek, sert bir şeyin yere çarpışını hatırlıyorum.

Gözlerimi açtığımda ıslak çimenlerde yatıyordum. Arabam yerel bir Chevrolet bayisinin reklam panosunu yarıp geçerek altına yarı gömülmüştü. Fiziğin o acayip anlarından birinde son darbeden önce arabadan dışarı fırlamış olmalıydım. Bunu açıklayamam. Ölmek istediğiniz zaman korunuyorsunuz. Bunu kim açıklayabilirdi ki?

Yavaş yavaş acıyla ayağa kalktım. Sırtım ıslanmıştı. Her yerim ağrıyordu. Hâlâ hafifçe yağmur yağıyordu, ama cırcırböceklerinin sesi hariç ortalık sakindi. Normalde böyle bir durumda insan, "Hayatta olduğum için mutluyum," der, ama ben bunu söyleyemedim, çünkü mutlu değildim. Otoyola baktım. Ortasındaki kamyonu görebiliyordum. Büyük, devasa bir gemi enkazı gibi duran kamyonun ön kabini boynu kırılmış gibi bükülmüştü. Kaputundan duman çıkıyordu. Tepedeki lambaları hâlâ çalışıyor, tepeden aşağıya kırık camları elmas gibi parlatan yalnız bir ışık huzmesi yayıyordu.

Sürücüsü neredeydi? Hâlâ hayatta mıydı? Yaralı mıydı? Nefes alıyor muydu? Kuşkusuz yapılacak en cesur hareket yukarı tırmanıp onu kontrol etmek olurdu, ama o sırada cesaret benim en güçlü özelliğim değildi.

Bu yüzden ben de bu kontrolü yapmadım.

Ellerimi iki yana indirip güneye döndüm, eski kasabama doğru yürümeye başladım. Bununla gurur duymuyorum. Ama mantığım hiçbir şekilde çalışmıyordu. Bir zombi, bir robot gibiydim, kimse için bir endişe taşımıyordum, kendim dahil, aslında kendim listenin en sonundaydım. Arabayı, kamyonu, silahı unuttum; hepsini geride bıraktım. Ayakkabılarım çakıl taşlarını ezerken cırcırböceklerinin kahkahalarını duyabiliyordum.

Ne kadar yürüdüğümü bilmiyorum. Ama yağmurun dinmesine ve gökyüzünün şafağın ilk izleriyle aydınlanmasına yetecek kadar uzundu. Pepperville Beach'in beysbol sahalarının arkasındaki büyük, paslı su kulesiyle belirlenen dış eteklerine vardım. Benimki gibi küçük kasabalarda su kulelerine tırmanmak hayattaki yeni bir döneme geçiş törenidir. Beysbol arkadaşlarım ve ben, hafta sonlarında bellerimize sokuşturduğumuz sprey boyalarla bu kuleye tırmanırdık.

Şimdi yine o su kulesinin önünde dikiliyordum. Islak, yaşlı, dağılmış, sarhoş ve belki de katil diye eklemeliyim ya da ben öyle sanıyordum, çünkü kamyonun sürücüsünü hiç görmemiştim. Fark etmezdi, çünkü sonraki hareketim akıllı insan işi değildi, bunu hayatımın son günü yapmaya kararlıydım.

Merdivenin alt basamağını buldum.

Tırmanmaya başladım.

Perçinlenmiş tanka ulaşmam biraz zaman aldı. Sonunda ulaştığımda iskeleye çökerek hızlı hızlı nefes alıp vermeye başladım, aldığım hava yetmiyordu. Bulanık beynimin gerilerinde bir ses bu kadar kof olduğum için beni suçluyordu.

Aşağıdaki ağaçlara baktım. Arkalarında babamdan beysbolu öğrendiğim beysbol sahasını gördüm. Bu görüntü hâlâ üzücü anıları aklıma getiriyordu. Bir zamanlar çocuk olduğunuza inanmanın zor olduğu perişan günlerinizde bile sizi asla bırakmayan çocukluğunuzla ilgili o şey nedir?

Gökyüzü aydınlanıyordu. Cırcırböceklerinin sesi yükselmişti. Birden aklıma küçük Maria'nın göğsümde uyuması geldi. O kadar küçüktü ki onu tek kolumla taşıyabiliyordum, teni pudra kokuyordu. Sonra kendimi hayal ettim, şimdiki gibi ıslak ve leş gibi bir halde onun düğününe dalıyorum, müzik susuyor, herkes dehşet içinde bakıyor. En çok da Maria korkuyor.

Başımı öne eğdim.

Beni özleyen kimse yoktu.

Koşarak iki adım attım, korkulukları yakalayıp kendimi üstünden fırlattım.

Gerisini açıklamak mümkün değil. Neye çarptım, nasıl hayatta kaldım, bunu söyleyemem. Hatırladığım tek şey bükülme, kopma, sıyırma, dönme, sürtünme ve son bir çarpma. Yüzümdeki bu yaralar mı? O sırada olduğunu tahmin ediyorum. Çok uzun zaman düşmüşüm gibi geliyor.

Gözlerimi açtığımda etrafımda bir ağacın kırık parçaları duruyordu. Taşlar karnıma ve göğsüme batıyordu. Çenemi kaldırıp şunu gördüm: sabah aydınlığıyla seçilen gençliğimin beysbol sahası, kazılmış iki mezar, vaizin yüksek yeri.

Ve yıllardır ölü olan annem.

II. Sabah

Chick'in Annesi

Babam bir keresinde bana, "Ya annenin oğlu olabilirsin ya da babanın oğlu. Ama ikisi birden olamazsın," demişti.

Ben de babamın oğlu olmuştum. Yürüyüşünü taklit ederdim. Derin boğuk gülüşünü. O beysbolu sevdiği için beysbol eldiveni taşırdım, attığı bütün zor topları tutardım, elimi çığlık atmayı istememe neden olacak kadar yakanları bile.

Okul tatil olunca onun Kraft Caddesi'ndeki içki dükkânına gider, yemek zamanına kadar orada kalırdım. Depodaki boş kutularla oynar, onun işini bitirmesini beklerdim. Gökyüzü mavisi Buick arabasıyla eve gider, bazen o Chesterfield'ını içip haberleri dinlerken garaj yolunda otururduk.

Roberta adında bir kız kardeşim vardı. O zamanlar her yere pembe balerin ayakkabılarını giyerdi. Yerel bir restoranda akşam yemeği yerken annem onu çekiştirerek "bayanlar" tuvaletine götürürdü -pembe ayakları seramik döşemede kayardı- babam da beni "baylar" tuvaletine. Bayanlar. Baylar. Annenin. Babanın.

Ve babasının oğlu.

Ben babasının oğluydum ve okuldaki beşinci yılımın baharındaki sıcak, bulutsuz bir cumartesi sabahına kadar babamın oğlu olarak kaldım. O gün kırmızı yünlü formalar giyen ve Connor'ın Tesisat Malzemeleri'nin sponsorluğunu yaptığı Cardinals'e(*) karşı maçımız vardı.

(*) Kardinaller.

Ayaklarımda uzun çoraplarım, elimde eldivenlerimle mutfağa girip annemin masada sigara içtiğini gördüğümde güneş içeriyi ısıtmıştı bile. Annem güzel bir kadındı, ama o sabah güzel görünmüyordu. Dudaklarını ısırıp bakışlarını benden kaçırdı. Yanık ekmeğin kokusunu hâlâ hatırlıyorum. Kahvaltıyı mahvettiği için üzgün olduğunu sanmıştım.

"Mısır gevreği yiyeceğim," dedim.

Dolaptan bir kâse aldım.

Annem boğazını temizledi. "Maçın kaçta, tatlım?"

"Üşüttün mü sen?" diye sordum.

Başını sallayıp elini yanağına koydu. "Maçın kaçta?"

"Bilmiyorum." Omuz silktim. O zamanlar daha saat takmıyordum.

Bir şişe süt ve mısır gevreği kutusunu çıkardım. Mısır gevreklerini kâseye fazla hızlı koyunca birazı sıçrayıp masaya döküldü. Annem onları teker teker toplayıp avucuna koydu.

"Seni ben götürürüm," dedi. "Her nerdeyse."

"Neden babam götürmüyor?" diye sordum.

"Baban burda değil."

"Nerde?"

Yanıt vermedi.

"Ne zaman gelecek?"

Avucundaki mısır gevreklerini sıkınca hepsi toza dönüştü.

O günden itibaren annemin oğluydum.

Şimdi ölü annemi gördüğümü söylerken aynen söylediğim şeyi kast ediyorum. Onu gördüm. Üzerinde lavanta rengi bir ceket, elinde çantasıyla mezarın yanında dikiliyordu. Tek kelime bile etmedi. Yalnızca bana baktı.

Ona doğru kalkmaya çalıştım, ama geriye düştüm. Bütün kaslarımı büyük bir acı dalgası kapladı. Beynim onun adını haykırmaya çalışıyor, ama boğazımdan ses çıkmıyordu.

Başımı eğdim, avuçlarımı birbirine bastırdım. Tekrar ittim, bu kez kendimi biraz kaldırmayı başardım. Başımı kaldırıp baktım.

Gitmişti.

Bana inanmanızı beklemiyorum. Bu delilik, biliyorsunuz. Ölü insanları görmezsiniz. Onlar tarafından ziyaret edilmezsiniz. Bir su kulesinden düşüp kendinizi öldürmek için gösterdiğiniz bütün gayretlere rağmen mucizevi bir şekilde hayatta kalmazsınız. Ölen sevgili annenizi elinde çantasıyla beysbol sahasında görmezsiniz.

Ama olanlar bunlar. Annem oradaydı. Onu gördüm. Belirsiz bir süre için sahada yattım, sonra ayağa kalkıp yürümeye başladım. Dizlerimdeki ve kollarımdaki kumu temizledim. Çoğu küçük, bazıları büyük olan düzinelerce kesiğim vardı ve kanıyordu. Ağzımdaki kan tadını hissedebiliyordum.

Tanıdık çimenlik alandan geçtim. Sabah rüzgârı ağaçları sarsıyor ve küçük, titreşen bir yağmur fırtınası gibi sarı yaprakları savuruyordu. Kendimi öldürmeyi iki seferde de başaramamıştım. Ne kadar acıklı bir durumdu bu?

İşi bitirmeye kararlı bir şekilde eski evime doğru yürüdüm.

Sevgili Charley

Bugün OKULDA çok EĞLEN!

Öğle yemeği saatinde görüşürüz ve beraber milkshake içeriz.

Seni her gün seviyorum!

Annen

(Chick Benetto'nun belgeleri, tahmini 1954)

Annem Babamla Nasıl Tanıştı

Annem bana hep notlar yazardı. Beni ne zaman bir yere bıraksa cebime bir not koyardı. Bunu hiç anlamazdım, çünkü söyleyecek bir şeyi varsa hemen orada söyleyebilir, kâğıt masrafı yapmaktan ve zarfın o iğrenç tutkalını tatmaktan kurtulurdu.

Sanırım ilk notu 1954 yılında anaokulunun ilk gününde aldım. Kaç yaşındaydım, beş mi? Okul bahçesi bağrışıp oradan oraya koşturan çocuklarla doluydu. Annemin elinden tuttum, çocukları öğretmenlerin önünde sıraya sokan siyah bereli kadına yaklaştık. Öteki annelerin çocuklarını öpüp yanlarından ayrıldıklarını görüyordum. Ağlamaya başlamış olmalıyım.

"Ne oldu?" diye sordu annem.

"Gitme."

"Dışarı çıktığında burda olacağım."

"Hayır."

"Sorun yok. Burda olacağım."

"Ya seni bulamazsam?"

"Bulacaksın."

"Ya seni kaybedersem?"

"Anneni kaybetmezsin, Charley."

Gülümsedi. Ceketinin cebine uzanıp bana küçük mavi bir zarf uzattı.

"Al," dedi. "Beni çok özlersen bunu açabilirsin."

Çantasından çıkardığı bir mendille gözlerini silerek bana sarıldı. Hâlâ geriye doğru yürüyüp bana öpücük gönderdiğini görür gibiyim. Dudaklarına kırmızı ruj sürmüştü, saçları kulaklarının arkasına doğru taranmıştı. Ona mektupla veda ettim. Galiba okula yeni başladığım ve okumayı bilmediğim aklına gelmemişti. Bu benim annemdi. Önemli olan düşünmesiydi.

Hikâyeye göre babamla 1944 baharında Pepperville Gölü'nde tanışmıştı. Annem yüzüyordu, babamsa arkadaşıyla beysbol oynuyordu. Arkadaşı topu çok yüksekten atınca suya düşmüştü. Annem yüzerek topu almaya gitmiş, bu sırada babam da suya girmişti. Babam topla yüzeye çıkınca kafaları tokuşmuştu.

"Ve bunu asla bırakmadık," derdi annem.

Hızlı, yoğun bir flört dönemleri olmuş, çünkü babam öyle biriydi, bir şeye bitirme amacıyla başlardı. Uzun boylu, etine dolgun, genç bir adammış. Liseyi yeni bitirmiş, saçlarını tepesine doğru tarıyor ve babasının mavi-beyaz LaSalle'sini kullanıyormuş. II. Dünya Savaşı'nda olabildiğince hızlı bir şekilde orduya yazılmış ve anneme "kasabamızdaki herkesten daha fazla düşman öldüreceğini" söylemiş. Gemiyle İtalya'ya, Apennine Dağları'na ve Bologna yakınlarındaki Po Vadisi'ne gönderilmiş. 1945'te oradan yazdığı mektupta anneme evlilik teklif etmiş. "Karım ol," diye yazmış, bana daha çok emir gibi görünen bir teklifle. Annem kendisi için çok pahalı olmasına rağmen, hem sözlere hem de sözlerin iletildiği araçlara çok önem verdiğinden yine de satın aldığı özel bir mektup kâğıdına yazdığı yanıtta teklifini kabul etmiş.

Babam mektubu aldıktan iki hafta sonra Almanlar teslim belgelerini imzalamışlar. Babam eve dönüyormuş.

Benim teorime göre babam istediği kadar savaş yaşayamadı. Bu yüzden bizimle kendi savaşını başlattı.

Babamın adı Leonard'dı, ama herkes ona Len derdi, annemin adı Pauline'di, ona da herkes "Posey" derdi. Annemin iri, badem biçimli gözleri vardı, genellikle tepesine topladığı koyu renk, dalgalı saçları ve yumuşak, krem gibi bir teni vardı. İnsanlara Audrey Hepburn'ü hatırlatırdı ve bizim kasabamızda bu tanıma uyan fazla kadın yoktu. Makyaj yapmayı severdi -maskara, göz kalemi, ruj, aklınıza ne gelirse- ve insanların çoğu onu "eğlenceli" veya "neşeli", daha sonraları "tuhaf" veya "inatçı" olarak görse de ben onu çocukluğumun büyük bir bölümünde dırdırcı olarak gördüm.

Galoşlarımı takmış mıydım? Ceketimi giymiş miydim? Ödevimi bitirmiş miydim? Pantolonum neden yırtılmıştı?

Her zaman gramerimi düzeltirdi.

"Benle Roberta," diye söze başladığımda, "Roberta ve ben," diye araya girerdi.

"Benle Jimmy," dediğimde, "Jimmy ve ben," derdi.

Ebeveynler çocuklarının aklına bir duruş yerleştirirler. Annemin benim zihnimdeki duruşu öne doğru eğilmiş, parmağını sallayarak daha iyi olmam için yalvaran rujlu bir kadındı. Babamınki ifadesiz bir duruştu, omuzlarını duvara dayamış elinde sigarasıyla batmamı ya da yüzmemi seyrediyordu.

Geriye dönüp bakınca birisinin bana doğru yaklaştığını, diğerinin benden uzaklaştığını anlamalıydım, diye düşünüyorum. Ama daha çocuktum ve çocuklar ne bilir ki?

Annem Fransız Protestandı, babam İtalyan Katolik, ikisinin birleşmesiyse Tanrı, suçluluk ve sos fazlalığıydı. Sürekli kavga ederlerdi. Çocuklar. Yemek. Din. Babam banyonun dışındaki duvara İsa'nın resmini asardı, o işteyken annem resmi daha az göze çarpan bir yere taşırdı. Babam eve gelip bağırırdı. "İsa'yı başka yere kaldıramazsın Tanrı aşkına!" Annemse, "O bir resim, Len," derdi. "Tanrı'nın banyonun yanına asılmak istediğini mi sanıyorsun?"

Ve babam resmi yerine asardı.

Ertesi gün annem yeniden resmin yerini değiştirirdi.

Ve bu böyle sürüp giderdi.

İkisi farklı geçmişlerin ve kültürlerin bir karışımıydı, ama benim ailem demokrasi olsaydı babamın oyu iki kez sayılırdı. Akşam ne yiyeceğimize, evin ne renge boyanacağına, hangi bankayı kullanmamız gerektiğine, siyah-beyaz Zenith televizyonumuzda hangi kanalı seyredeceğimize o karar verirdi. Doğduğum gün anneme, "Bebek Katolik kilisesinde vaftiz edilecek," demiş. Ve kararı kesinmiş.

Komik olan şey şu ki, aslında babam dindar bile değildi. Savaştan sonra içki dükkânı işleten babam kehanetlerden çok kârla ilgileniyordu. Ve bana gelince ibadet etmem gereken tek şey beysboldu. Yürümeye başlamadan önce bana top atıyordu. Annem makas kullanmama izin vermeden önce bana tahta bir beysbol sopası vermişti. Eğer "bir planım" olursa ve "planıma sadık kalırsam" birinci lige çıkabileceğimi söylerdi.

Tabi o kadar küçükken insan anne babasının planlarına sığınıyor, kendi planlarına değil.

Böylece yedi yaşımdan itibaren gelecekteki işverenlerimin skorlarını görmek için gazeteleri taramaya başladım. Birkaç dakika bulur da park yerinde bana top atar, diye babamın içki dükkânında bir eldiven saklıyordum. Bazen pazar ayinlerine ayakkabılarımdaki demir parçalarla gittiğim bile olurdu, çünkü son ilahiden sonra Amerikan Lejyon oyunlarına giderdik. Kiliseden "Tanrı'nın evi" olarak söz ettiklerinde, Tanrı'nın, ayakkabılarımdaki mahmuzların döşemesine batmasından hoşlanmadığından endişelenirdim. Parmak uçlarımda dikilmeye çalışırdım, ama babam, "Ne halt ediyorsun sen?" diye fısıldardı. Ben de hemen yere inerdim.

Öte yandan annem beysbolu umursamazdı. Annem tek çocuktu; ailesi yoksuldu ve savaş sırasında çalışmak için okuldan ayrılmak zorunda kalmıştı. Lise diplomasını gece okulundan almış, sonra hemşirelik okuluna gitmişti. Ona göre benim için yalnızca kitaplar, üniversite ve onların açacağı kapılar vardı. Beysbol hakkında söylediği en iyi şey "temiz hava almamı sağlıyor" olmasıydı.

Ama maçlara gelirdi. İri güneş gözlükleriyle, mahalle berberinde itinayla yaptırdığı saçlarıyla tribünlerde otururdu. Bazen yedek kulübesinden ona bakardım, o gözü dalmış ufka bakıyor olurdu. Ama ben topu karşılamak için sopamı kaldırdığımda el çırparak bağırırdı. "Yaşa Charley!" Sanırım umurumda olan tek şey de buydu. Gittiği güne kadar oynadığım bütün takımlara koçluk yapan babam bir keresinde annemin tarafına baktığımı görmüş ve kükremişti. "Gözler topta Chick! Yukarıdaki hiçbir şeyin sana yardımı olmaz!"

Sanırım annem "planın" bir parçası değildi.

Yine de, oğlanların annelerinin kıymetini bilmezken onlara taptıkları gibi anneme taptığımı söyleyebilirim. Annem bunu kolaylaştırıyordu. Birincisi komikti. Bir kahkaha için yüzüne dondurma bulaştırmaktan kaçınmazdı. Temel Reis gibi garip sesler çıkarır veya Louis Armstrong gibi gırtlaktan konuşurdu. "Eğer içinde yoksa dışarı çıkaramazsın." Beni gıdıklayıp sırtını gıdıklamama izin verir, kahkahalar atarken dirseklerini iki yanına bastırırdı. Beni her gece yatağıma yatırır, saçlarımı okşayarak, "Anneye bir öpücük ver," derdi. Akıllı olduğumu, akıllı olmanın bir ayrıcalık olduğunu söyler, her hafta bir kitap okumamda ısrar eder ve bunun olmasını sağlamak için beni kütüphaneye götürürdü. Bazen çok gösterişli giyinirdi ve müziğimizle şarkı söylerdi, ki bu beni çok rahatsız ederdi. Ama aramızda hiçbir zaman, bir an olsun güven sorunu olmadı.

Annem bir şey söylerse ona inanırdım.

Yanlış anlamayın, bana karşı yumuşak değildi. Bana vururdu. Azarlardı. Cezalandırırdı. Ama beni severdi. Gerçekten severdi. Beni salıncaktan düşünce severdi. Çamurlu ayaklarımla yere bastığımda severdi. Kusarken, burnum akarken, dizlerim kanarken severdi. Gelip gidişlerimi severdi, en iyi ve en kötü hallerimi severdi. Benim için dipsiz bir sevgi kuyusu vardı.

Tek kusuru beni bu sevgi için çalışmaya zorlamamasıydı.

Teorim şu: çocuklar kendilerinden kaçan sevginin peşine düşerler ve benim için bu sevgi babamınkiydi. Babam sevgisini çantasındaki kâğıtlar gibi saklardı. Ve ben de hep oraya girmeye çalışırdım.

Yıllar sonra, annemin ölümünün ardından Annemin Bana Destek Verdiği Zamanlar ve Benim Anneme Destek Vermediğim Zamanlar listesi yaptım. İkisinin dengesizliği çok acıklıydı. Neden çocuklar bir ebeveyni çok büyük görürken diğerini daha düşük, değersiz bir standarda koyarlar?

Belki babamın söylediği gibidir: Annenin oğlu ya da babanın oğlu olabilirsin, ama ikisi birden olamazsın. Bu yüzden kaybedebileceğini düşündüğüne sarılırsın.

Annemin Bana Destek Verdiği Zamanlar

Beş yaşındayım. Fanelli'nin marketine gidiyoruz. Bornozlu ve pembe bigudili bir komşu tel kapısını açıp annemi çağırıyor. Onlar konuşurken ben yandaki bahçeye giriyorum.

Birden nereden çıktığını anlamadığım bir Alman çoban köpeği üstüme doğru atılıyor. Hav hav hav! Çamaşır ipine bağlanmış. Hav hav hav! Arka ayaklarının üstünde doğrulup ipini geriyor. Hav hav hav!

Dönüp koşuyorum. Çığlıklar atıyorum. Annem bana doğru koşuyor.

"Ne oldu?" diye bağırıyor dirseklerimi yakalayarak. "Ne var?"

"Köpek!"

Annem nefesini bırakıyor. "Köpek mi? Nerde? Buralarda mı?"

Ağlayarak başımı sallıyorum.

Annem beni evin etrafında yürütüyor. İşte köpek. Tekrar hırlıyor. Hav hav hav! Geriye sıçrıyorum. Ama annem beni ileri itekliyor. Ve havlıyor. Annem havlıyor. Bir insanın çıkardığını duyduğum en iyi havlama sesi bu.

Köpek inleyerek olduğu yere çöküyor. Annem dönüyor.

"Onlara kimin patron olduğunu göstermelisin, Charley," diyor.

(Chick Benetto'nun eşyalarının arasında bulunan defterdeki listeden alındı.)

Chick Eski Evine Geri Dönüyor

Artık sabah güneşi ufkun üstünden yükselmiş, eski mahallemin evlerinin arasından üstüme geliyordu. Elimi gözlerime siper ettim. Ekimin başı olmasına rağmen yaprak yığınları kaldırımın kenarlarına yığılmıştı -burada geçirdiğim sonbaharlarda hatırladığımdan daha fazla yaprak vardı- ve gökyüzünün yarısı da bulutlarla kaplıydı. Sanırım bir süre eve gelmediğinizde en fazla fark ettiğiniz şey hatıralarınızdaki ağaçların ne kadar büyüdüğü oluyor.

Pepperville Beach. Bu adı nasıl aldığını biliyor musunuz? Bu çok utanç verici sayılabilir. Yıllar önce okyanusumuz olmasa da bir sahilimiz olursa kasabanın daha etkileyici olacağını düşünen bir girişimci kamyonla biraz kum getirtmişti. Adam ticaret odasına girdi ve kasabanın adını bile değiştirdi; Pepperville Lake, Pepperville Beach haline geldi. Ama bizim "plajımızda" salıncaklar, kaydırak vardı ve on iki aileden sonrası başkasının havlusuna oturmak zorunda kalırdı. Büyürken bu bir espri haline gelmişti: "Hey, *'plaj'*a gitmek ister misin?" ya da "Hey, *'plaj'*a gitmek için iyi bir gün," çünkü kimseyi kandırmadığımızı biliyorduk.

Neyse bizim ev göle -ve "plaja"- yakındı. Annem öldükten sonra kız kardeşim ve ben evi satmadık, sanırım bir gün iyi para etmesini umuyorduk. Dürüst olmak gerekirse evi satacak cesaretim yoktu.

Şimdi bir kaçak gibi sırtımı kamburlaştırmış o eve doğru yürüyordum. Kaza yerinden kaçmıştım ve birisi arabayı, kamyonu, kırık reklam panosunu, silahı bulmuş olmalıydı. Her yerim ağrıyordu, kanamam vardı, yarı sersemlemiştim. Her an polis sirenlerini duymayı bekliyordum; kendimi bir an önce öldürmem için iyi bir nedendi bu.

Sendeleyerek verandanın basamaklarını çıktım. Çiçek saksısındaki sahte kayanın altında sakladığımız anahtarı buldum (kız kardeşimin fikriydi bu). İki omzumun üstünden geriye baktım. Hiçbir şey görmeyince -polis yoktu, insan yoktu, iki yöne giden hiçbir araba yoktu- kapıyı açıp içeri girdim.

Ev küflüydü ve belli belirsiz tatlı bir halı temizleyici kokusu vardı, sanki biri (parasını ödediğimiz bir bakıcı mı?) kısa bir süre önce şampuanla yıkamıştı. Koridordaki dolabın ve çocukken kaydığımız tırabzanların yanından geçtim. Eski seramik döşemesi ve kiraz ağacından dolapları olan mutfağa girdim. Buzdolabını açtım, çünkü alkollü bir şey istiyordum; bu artık bende bir refleks olmuştu.

Birden geri çekildim.

Dolapta yiyecek vardı.

Tupperware kaplarda. Artmış lazanya. Yağsız süt. Elma suyu. Ahududulu yoğurt. Bir an için oraya birisi mi yerleşti, diye düşündüm. Birisi oraya izinsiz yerleşmişti ve şimdi burası onun evi olmuştu. Bu evi bunca zaman ihmal etmemizin bedeliydi bu.

Mutfak dolabını açtım. Lipton çayı ve bir şişe Sanka vardı. Başka bir dolabı açtım. Şeker. Morton tuzu. Kırmızıbiber. Kekik. Lavaboda bir tabak gördüm, ıslanıyordu. Tabağı kaldırdım, yerine koymaya çalışıyormuş gibi yavaşça bıraktım.

Sonra bir şey duydum.

Üst kattan geliyordu.

"Charley?"

Tekrar.

"Charley?"

Bu annemin sesiydi.

Parmaklarım sabunlu suyla ıslanmış olarak mutfak kapısından koşarak çıktım.

Anneme Destek Vermediğim Zamanlar

Altı yaşındayım. Cadılar Bayramı. Okulun düzenlediği geleneksel Cadılar Bayramı töreni var. Bütün çocuklar mahallede birkaç blok yürüyecekler.

"Ona bir kostüm al," diyor babam. "Five-and-dime'da satılıyor."

Ama hayır, diye karar veriyor annem. Bu benim ilk tören yürüyüşüm olduğu için bana kostümümü o yapacak: mumya, en sevdiğim ürkünç karakter.

Beyaz paçavraları ve eski havluları kesip etrafıma doluyor, çatal iğnelerle tutturuyor. Sonra paçavraların üstüne tuvalet kâğıdı sarıp bantlıyor. Bu iş biraz zaman alıyor, ama annem işini bitirdiğinde aynaya bakıyorum. Mumya olmuşum. Omuzlarımı kaldırıp ileri geri sallanıyorum.

"Oooh, çok korkunçsun," diyor annem.

Beni okula götürüyor. Yürüyüşe başlıyoruz. Yürüdükçe paçavralar gevşiyor. İki blok sonra yağmur yağmaya başlıyor. Bildiğim tek şey tuvalet kâğıdının erimeye başlaması. Paçavralar düşmeye başlıyor. Kısa süre sonra el ve ayak bileklerime, boynuma düşüyorlar. Annemin paçavraları daha iyi tutacağını düşündüğü atletim ve pijama altım ortaya çıkıyor.

"Charley'e bakın!" diye bağırmaya başlıyor öteki çocuklar. Hepsi gülüyor. Kıpkırmızı oluyorum. Yok olmak istiyorum, ama tören yürüyüşünün ortasında nereye gidebilirsiniz ki?

Anne babaların ellerinde kameralarla bekledikleri okulun bahçesine döndüğümüzde ıslak bir bez ve tuvalet kâğıdı yığınından oluşuyorum. Önce ben annemi görüyorum. O beni görünce elini ağzına götürüyor. Gözyaşları içinde bağırıyorum:

"Hayatımı mahvettin!"

"Charley?"

Arka verandada saklanırken en iyi hatırladığım şey soluğumun ne kadar çabuk kesildiği. Bir saniye buzdolabındaydım, sürüklenerek hareket ediyordum, bir saniye sonra soluğum o kadar hızlanmıştı ki, hiçbir oksijen miktarının yetmeyeceğini düşünüyordum. Titriyordum. Mutfak penceresi arkamdaydı, ama bakmaya cesaret edemiyordum. Ölü annemi görmüştüm ve şimdi de sesini duyuyordum. Vücudumda bazı kemiklerin daha önce kırıldığı da olmuştu, ama ilk kez beynimin hasar gördüğünü düşünüyordum.

Akciğerlerim hızla yükselip alçalırken öylece dikilmeye devam ettim. Bakışlarım önümdeki toprağa kilitlenmişti. Çocukken buraya "arka bahçemiz" derdik, ama yalnızca bir metrekarelik bir çimen parçasıydı. Orayı hızla geçip komşunun evine varmayı düşündüm.

Derken kapı açıldı.

Annem dışarı çıktı.

Benim annem.

Hemen orada. Verandada.

Bana doğru döndü.

Ve şöyle dedi. "Burda ne yapıyorsun? Hava soğuk."

Yaptığım sıçramayı tarif edebilir miyim bilmiyorum. Sanki gezegenden sıçramak gibiydi. Bir bildiğiniz şeyler vardır, bir de olan şeyler. İkisi birbirini tutmayınca bir seçim yaparsınız. Annemi görüyordum, hayattaydı, karşımda duruyordu. Tekrar adımı söylediğini duydum. "Charley?" Beni böyle çağıran tek kişi oydu.

Halüsinasyon mu görüyordum? Ona doğru gitmeli miydim? Patlayacak bir kabarcık gibi miydi? Dürüst olmak gerekirse bu sırada eklemlerim başkasına ait gibiydi.

"Charley? Ne oldu? Her yerin kesikler içinde."

Üzerinde mavi pantolon ve beyaz kazak vardı -sabahın kaçı olursa olsun hep giyinik olurdu- onu yetmiş dokuzuncu doğum gününde son gördüğümden daha yaşlı görünmüyordu. Hediye olarak gelen o kırmızı çerçeveli gözlükleri takıyordu. Ellerini yavaşça havaya doğru açıp gözleriyle beni çağırdı. Bilmiyorum, o gözlükler, derisi, saçları, tenis toplarını çatıya attığımda yaptığı gibi arka kapıyı açışı. İçimde bir şeyler eridi, sanki yüzü ısı veriyordu. Sıcaklık sırtıma yayıldı. Ayak bileklerime indi. Ve sonra bir şey kırıldı, neredeyse çatırtısını duydum, inanmayla inanmama arasındaki engeldi bu.

Teslim oldum.

Gezegenden ayrıldım.

"Charley?" dedi annem. "Ne oldu?"

Herkesin yapacağı şeyi yaptım.

Gitmesine hiç izin vermemişim gibi anneme sarıldım.

Annemin Bana Destek Verdiği Zamanlar

Sekiz yaşındayım. Ev ödevim var. Ödevimi sınıfa tekrarlamalıyım: "Yankıya Neden Olan Şey Nedir?"

Okuldan sonra içki dükkânında babama soruyorum. Yankıya ne neden olur? Koridorda eğilmiş elinde bir dosya ve kalemle envanter tutuyor.

"Bilmiyorum, Chick. Sekme gibi bir şey."

"Dağlarda olmaz mı?"

"Hımm?" dedi şişeleri sayarken.

"Savaşta dağlarda değil miydin?"

Bana bir bakış fırlatıyor. "Bunu neden soruyorsun?"

Dosyasına geri dönüyor.

O gece anneme soruyorum. Yankıya ne neden olur? Sözlüğü çıkarıyor, çalışma odasında oturuyoruz.

"Bırak kendi yapsın," diye parlıyor babam.

"Len," diyor annem. "Ona yardım edebilirim."

Bir saat boyunca annem benimle çalışıyor. Ben satırları ezberliyorum. Annemin önünde durup pratik yapıyorum.

"Yankıya neden olan şey nedir?" diye başlıyor.

"Kaynak sona erdikten sonra sesin sürmesidir," diyorum.

"Yankı için gereken şey nedir?"

"Sesin bir yerden sekmesi gerekir."

"Yankıyı ne zaman duyabilirsin?"

"Ortalık sessizken ve diğer sesler emilmişken."

Gülümsüyor. "Güzel." Sonra, "Yankı," deyip ağzını kapatıyor ve mırıldanıyor. "Yankı, yankı, yankı."

Performansımızı seyreden kız kardeşim işaret edip bağırıyor, "Konuşan annem! Onu görüyorum!"

Babam televizyondan başını çeviriyor.

"Ne büyük bir zaman kaybı," diyor.

Melodi Değişiyor

"Bu Büyük Bir Şeyin Başlangıcı Olabilir" adlı şarkıyı hatırlıyor musunuz? Hızlı bir temposu vardı, genellikle büyük bir orkestranın önündeki smokinli bir adam söylerdi. Şöyle bir şeydi:

Sokakta yürüyorsun ya da bir partidesin,
Ya da tek başınasın ve birden anlıyorsun,
Birinin gözlerine bakıyorsun, birden fark ediyorsun,
Bu büyük bir şeyin başlangıcı olabilir.

Annem bu şarkıya bayılırdı. Nedenini sormayın. 50'lerde siyah-beyaz olarak yayınladıkları *The Steve Allen Şov*'un başında çalarlardı, ama o günlerde her şey siyah-beyaz gibiydi. Neyse annem o şarkının "parti şarkısı" olduğunu düşünürdü ve radyoda ne zaman çalınsa orkestrayı o yönetiyormuş gibi parmaklarını şaklatırdı. Bir pikabımız vardı ve bir doğum gününde annem bu şarkıyı söyleyen Bobby Darin'in albümünü almıştı. Akşamları bulaşık yıkarken bu plağı dinlerdi. O zamanlar babam hâlâ resmin içindeydi. Gazetesini okurken annem onun yanına gider omzunda tempo tutarak "bu büyük bir şeyin başlangıcı olabilir" diye şarkı söylerdi. Kuşkusuz babam başını kaldırıp bakmazdı bile. Sonra annem benim yanıma gelir ve şarkıyı söylerken göğsümde bateri çalıyormuş gibi yapardı.

Yirmi Bir'de yemek yersin ve diyetine bakarsın,
Charlotte rousse'u reddedip inciri kabul edersin,
Birden berrak gökyüzünden bir kız ve bir adam gelir,
Ve bu büyük bir şeyin başlangıcı olabilir.

Gülmek isterdim -özellikle de "incir" dediği zaman- ama babam katılmadığı için kahkaha ona ihanet gibi gelirdi. Sonra annem beni gıdıklamaya başlardı ve o zaman elimde olmadan gülerdim.

"Bu büyük bir şeyin başlangıcı olabilir," derdi annem. "Koca oğlan, koca oğlan, kocaoğlankocaoğlankocaoğlan."

Bu şarkıyı her akşam çalardı. Ama babam gittikten sonra bir daha asla çalmadı. Bobby Darin'in albümü rafta kaldı. Pikap tozlandı. Başta müzik zevkinin değiştiğini sandım, çocukken bizim zevkimiz sık sık değişirdi. Bir ara Johnnie Ray'in iyi bir şarkıcı olduğunu düşünürdük, ama sonunda Gene Vincent'in çok daha iyi olduğuna karar verirdik. Daha sonra annemin "büyük şeyin" nasıl geri teptiğini hatırlamak istemediğini anladım.

Evdeki Karşılaşma

Mutfak masamız yuvarlak ve meşedendi. İlkokuldayken bir gün kız kardeşim ve ben masaya bıçakla isimlerimizi kazıyorduk. Kapının açıldığını duyduğumuzda -annemiz işten gelmişti- işimizi daha bitirmemiştik. Hemen bıçakları çekmeceye attık. Kardeşim bulabildiği en büyük şeyi, iki litrelik elma suyu şişesini kavradı, şap diye masaya koydu. Annem hemşire üniforması ve kollarında dergilerle içeri girdiğinde çok hızlı bir şekilde, "Merhaba anne," demiş olmalıyız ki, annem hemen bir şeyden şüphelendi. Bunu annemin yüzünden hemen anlayabilirdiniz. "Yine ne yaptınız?" bakışıydı bu. Belki bunun nedeni normalde öğleden sonra 17.30'da boş olan masada aramızda elma suyu şişesiyle oturmamızdı.

Neyse, annem dergileri bırakmadan elma suyunu kenara itti; CHAR ve ROBER -ancak oraya kadar gelebilmiştik- yazısını gördü ve yüksek, kızgın bir ses çıkardı, "ayyyhh" gibi bir şeydi. Sonra bir çığlık attı. "Harika, gerçekten harika!" Çocuk aklımla durumun belki de o kadar korkunç olmadığını düşündüm. Harika harika demekti, öyle değil mi?

Babam o günlerde seyahat ediyordu ve annem bizi döndüğünde onun gazabıyla karşılaşmakla tehdit etti. Ama o gece içinde haşlanmış yumurta bulunan rostoyu -bir yerlerde okuduğu bir tarife göre yapmıştı- yemek için sofraya oturduğumuzda kardeşim ve ben durmadan yaptığımız işe bakıyorduk.

"Masayı mahvettiğinizi biliyorsunuz," dedi annem.

"Özür dileriz," diye mırıldandık.

"Ve o bıçaklarla parmaklarınızı kesebilirdiniz."

Orada azarlanarak öylece oturuyor, başımızı öne eğmiş cezamızı bekliyorduk. Ama ikimiz de aynı şeyi düşünüyorduk. Yalnızca bunu kardeşim dile getirdi.

"En azından isimlerimizi doğru telaffuz etmiş olmak için tamamlayabilir miyiz?"

Bir an için cesaretine şaşırarak soluğumu tuttum. Annem bakışları bir hançermiş gibi ona baktı. Sonra kahkaha atmaya başladı. Kardeşim de gülüyordu. Bense ağzımdaki eti püskürtmüştüm.

İsimlerimizi bitiremedik. Hep CHAR ve ROBER olarak kaldı. Tabi babam eve gelince küplere bindi. Ama yıllar boyunca düşündükçe, Pepperville Beach'den uzaklaştıktan uzun süre sonra annemin, geride yarım da olsa bir şey bırakmış olmamız fikrinden hoşlandığını biliyordum.

Şimdi o eski mutfak masasında oturuyordum. İzleri görebiliyordum. Derken annem -veya hayaleti ya da her kimse- elinde antiseptik şişesi ve bir bezle geldi. Antiseptiği bir beze dökmesini, sonra koluma uzanıp tişörtümün kolunu kaldırmasını seyrettim, sanki salıncaktan düşmüş küçük bir çocuktum. Şöyle düşünüyor olabilirsiniz: Neden durumun saçmalığını, bu durumu olanaksız hale getiren gerçekleri haykırmıyorsun. "Anne, sen öldün?"

Size bunun yalnızca şimdi, size durumu yeniden anlatırken mantıklı geldiğini söyleyebilirim, o anda değil. O anda annemi gördüğüme o kadar şaşırmıştım ki, durumu düzeltmek olanaksız görünüyordu. Rüya gibi bir şeydi ve belki bir parçam rüya gördüğümü düşünüyordu, bilmiyorum. Annenizi kaybettiyseniz onu tam karşınızda, dokunabileceğiniz, kokusunu alabileceğiniz kadar yakında gördüğünüzü hayal edebilir misiniz? Onu gömdüğümüzü biliyorum. Cenaze törenini hatırlıyorum. Tabutuna sembolik toprağı attığımı biliyorum.

Ama karşıma oturup bezle yüzümü ve kollarımı temizler, kesikler nedeniyle yüzünü buruşturup, "Şu haline bak," diye mırıldanırken, ben bunu nasıl söyleyeceğimi bilmiyordum. Birisi bana bu kadar yaklaşmayalı, tişörtümün kolunu kıvıracak şefkati göstermeyeli uzun zaman olmuştu. Annem ilgileniyordu. Umursuyordu. Kendimi hayatta tutmak için kendime olan saygımı yitirdiğimde bile yaralarımı temizliyordu ve ben tekrar bir oğlan çocuğu olmuştum; hem de sanırım geceleri başınızı yastığa koyduğunuz kadar rahat bir şekilde. Ve ben bunun sona ermesini istemiyordum. Durumu en iyi bu şekilde açıklayabilirim. Bunun mümkün olmadığını biliyordum. Ama sona ermesini de istemiyordum.

"Anne?" diye fısıldadım.

Bu sözcüğü uzun zamandır söylememiştim. Ölüm annenizi aldığında bu sözcüğü sizden sonsuza dek çalar.

"Anne?"

Aslında bu, yalnızca bir sözcük, açık dudakların kestiği bir mırıltı o kadar. Ama bu gezegende trilyonlarca sözcük var ve bunların hiçbiri ağzınızdan bu sözcük gibi çıkmaz.

"Anne?"

Kolumu bezle yavaşça sildi.

"Charley," diye içini çekti. "Başını hep derde sokarsın."

Annemin Bana Destek Verdiği Zamanlar

Dokuz yaşındayım. Mahalle kütüphanesindeyim. Masanın arkasındaki kadın gözlüklerinin üstünden bakıyor. Jules Verne'in Denizler Altında Yirmi Bin Fersah *adlı kitabını seçiyorum. Kapağındaki resim hoşuma gidiyor ve insanların okyanusun altında yaşaması fikri bana cazip geliyor. Sözcüklerin ne kadar büyük olduğuna bakmıyorum ya da harflerin ne kadar küçük olduğuna. Kütüphaneci beni inceliyor. Gömleğim pantolonumun dışında, ayakkabılarımdan birinin bağı çözülmüş.*

"Bu senin için çok zor," diyor.

Kitabı arkasındaki rafa koymasını seyrediyorum. Mahzene kaldırılsa da olur. Çocuk bölümüne geri dönüyorum ve bir maymunla ilgili resimli bir kitap buluyorum. Masaya geri dönüyorum. Kadın bir yorumda bulunmadan kitabı damgalıyor.

Annem arabayla beni almaya gelince ön koltuğa oturuyorum. Seçtiğim kitaba bakıyor.

"Bunu zaten okumamış mıydın?" diye soruyor.

"Ordaki bayan istediğim kitabı almama izin vermedi."

"Hangi bayan?"

"Kütüphaneci bayan."

"Neden izin vermedi?"

"Çok zor olduğunu söyledi."

"Zor olan neymiş?"

"Kitap."

Annem beni arabadan çekip çıkarıyor. İçeri girip masaya gidiyoruz.

"Ben Bayan Benetto. Bu da oğlum Charley. Ona bir kitabın onun için çok zor olduğunu söylediniz mi?"

Kütüphaneci kasılıyor. Annemden daha yaşlı bir kadın. Yaşlı insanlarla nasıl konuştuğunu bildiğim için annemin ses tonuna hayret ediyorum.

"Jules Verne'in Denizler Altında Yirmi Bin Fersah'*ını istedi," diyor kütüphaneci gözlüklerine dokunarak. "Çocuk çok küçük. Ona bir bakın."*

Başımı öne eğiyorum. Bana bir bakın.

"Kitap nerde?" diye soruyor annem.

"Pardon?"

"Kitap nerde?"

Kadın arkasına uzanıyor. Ağırlığıyla bir şey ifade etmek istercesine pat diye masaya bırakıyor.

Annem kitabı alıp kollarımın altına sıkıştırıyor.

"Asla bir çocuğa bir şeyin çok zor olduğunu söylemeyin," diye parlıyor. "Hele bu çocuğa asla... ASLA."

Bildiğim diğer şey Jules Verne'in kitabını sıkıca tutarak kapıdan çekip çıkarılışım. Az önce bir bankayı soymuşuz gibi hissediyorum ve başımızın derde girip girmeyeceğini merak ediyorum.

Anneme Destek Vermediğim Zamanlar

Yemek masasındayız. Annem yemek servisi yapıyor. Fırında et soslu makarna.

"İyi değil bu," diyor babam.

"Yine mi," diyor annem.

"Yine mi," diye onu taklit ediyor kardeşim. Çatalını ağzında döndürüyor.

"Dikkat et, çatalı ağzına batıracaksın," diyor annem, kardeşimin elini çekerek.

"Peynir ya da yağla ilgili bir şey," diyor babam, tiksiniyormuş gibi yemeğine bakarak.

"On farklı yol denedim," diyor annem.

"Abartma, Posey. Yiyebileceğim bir şey yapmak bu kadar zor mu?"

"Yiyemiyor musun? Yenmeyecek gibi mi?"

"İsa aşkına," diye inliyor babam. "Buna ihtiyacım var mı?"

Annem ona bakmayı bırakıyor.

"Hayır, yok," diyor annem, tabağıma öfkeyle bir porsiyon koyarak. "Ama benim ihtiyacım var, tamam mı? Bir tartışmaya ihtiyacım var. Ye Charley."

"Bu kadar çok yiyemem," diyorum.

"Verdiğimi ye," diye parlıyor.

"Çok fazla!"

"Anne," diyor kardeşim.

"Bütün söylediğim, Posey, yapmanı istersem yapabileceğin. Hepsi bu. Tadının neden iyi olmadığını sana milyonlarca kez söyledim. İyi değilse iyi değildir. Seni mutlu etmek için yalan söylememi mi istiyorsun?"

"Anne," dedi kardeşim. Çatalını sallıyordu.

"Ahhh," dedi annem, kardeşimin çatalını indirerek. "Kes şunu, Roberta. Biliyor musun, Len? Bir dahaki sefere kendin yap. Sen ve şu İtalyan yemek pişirme zımbırtın. Charley, ye!"

Babam alaycı bir şekilde gülüp başını iki yana sallıyor. "Aynı eski hikâye," diye homurdanıyor. Ben babamı seyrediyorum. O bana bakıyor. Hemen çatalımı ağzıma götürüyorum. Çenesini oynatıyor.

"Annenin yaptığı makarnayı nasıl buldun?" diye soruyor.

Çiğniyorum. Yutuyorum. Babama bakıyorum. Anneme bakıyorum. Annem kızgın bir şekilde omuzlarını düşürüyor. Şimdi ikisi de bekliyor.

"İyi değil," diye mırıldanıyorum, babama bakarak.

Babam genzinden gülerek anneme bakıyor.

"Çocuk bile anlıyor," diyor.

Yeni Bir Başlangıç

"Peki bütün gün kalabilecek misin?" diye sordu annem.

Plastik spatulayla yumurtaları karıştırıyordu. Ekmek kızarmıştı, tereyağı masada bekliyordu. Yanında kahve ibriği duruyordu. Hâlâ başım dönerek yığılmış oturuyor, yutkunmada zorlanıyordum. Çok hızlı hareket edersem her şey patlayacakmış gibi geliyordu. Beline bir önlük bağlamış, bu da diğer günlerden biriymiş de ona sürpriz bir ziyaret yapmışım gibi davranıyor, bana kahvaltı hazırlıyordu.

"Kalabilecek misin, Charley?" diye sordu. "Annenle bir gün geçirebilir misin?"

Tereyağının ve yumurtaların cızırdadığını duydum.

"Hımm?" dedi.

Kızartma tavasını kaldırıp masaya yaklaştı.

"Neden bu kadar sessizsin?"

Sesimi bulmam birkaç saniye aldı, sanki bunu nasıl yapacağıma dair talimatları hatırlamaya çalışıyordum. Bir ölüyle nasıl konuşurdunuz? Bunun için başka sözcükler mi vardı? Gizli bir şifre?"

"Anne," diye fısıldadım sonunda. "Bu mümkün değil."

Yumurtaları tavadan tabağıma aktardı. Spatulayla çalışan elindeki damarları seyrettim.

"Ye," dedi.

Amerikan tarihinde bir ara işler değişmiş olmalı. Bir noktadan sonra boşanan ebeveynler çocuklarına bu haberi birtakım olarak verir oldu. Birlikte oturuyor, yeni kuralları açıklıyorlar. Benim ailem bu aydınlanma çağından önce yıkıldı; babam gittiğinde temelli gitmişti.

Ağlamaklı birkaç haftadan sonra annem rujunu, rimelini sürdü, patates kızartıp tabaklarımızı bize verirken, "Babanız artık burda yaşamayacak," dedi. Hepsi buydu. Oyundaki set değişimi gibi.

Babamın eşyalarını ne zaman aldığını bile hatırlamıyorum. Bir gün okuldan eve geldiğimizde ev gözümüze daha genişmiş gibi göründü. Ön taraftaki dolapta daha fazla yer vardı. Garajda aletler ve kutular eksikti. Kardeşimin ağlayarak, "Babamın gitmesine ben mi neden oldum?" diye sorduğunu ve babam eve dönerse daha uslu olacağına söz verdiğini hatırlıyorum. Ben de ağlamak istiyordum, ama artık dört değil üç kişi olduğumuz ve benim tek erkek olduğum kafama çoktan dank etmişti. On bir yaşımda bile erkekliğin yükümlülüğünü omuzlarımda hissediyordum.

Üstelik ne zaman ağlasam babamın bana "neşelen" dediğini hatırlıyorum. "Neşelen, evlat, neşelen." Ve anne babası ayrılmış bütün çocuklar gibi ben de gideni getirecek şekilde davranmaya çalışıyordum. Bu yüzden ağlamak yok, Chick. Sen ağlayamazsın.

İlk birkaç ay bunun geçici olduğunu düşündük. Basit bir ağız dalaşı. Soğuma süreci. Anne babalar kavga ederdi, değil mi? Bizimkiler ederdi. Ben beyaz çamaşırlarımla, kız kardeşim sarı pijamaları ve balerin terlikleriyle merdivenlerin tepesindeki sahanlığa yatıp onların tartışmalarını dinlerdik. Bazen bizim hakkımızda kavga ederlerdi:

"Neden bir kez olsun sen halletmiyorsun, Len?"

"Önemli bir iş değil."

"Evet önemli! Ve onlara söylemesi gereken cadı hep ben oluyorum."

Ya da işi hakkında:

"Biraz daha dikkat edebilirsin, Posey! Önemli olan bir tek hastanedeki o insanlar değil!"

"Onlar hasta, Len. Onlara üzgün olduğumu, ama kocamın gömleklerinin ütülenmesinin gerektiğini mi söylemeliyim?"

Ya da beysbol hakkında:

"Bu çok fazla, Len!"

"O çocuktan bir şey olabilir."

"Ona bir bak! Sürekli yorgun!"

Bazen merdivenlerin başında otururken kardeşim ellerini kulaklarına koyar ve ağlardı. Ama ben dinlemeye çalışırdım. Yetişkin dünyasına girmek gibiydi bu. Babamın geç saatlere kadar çalıştığını ve son yıllarda içki bayilerine gecelik ziyaretler yaptığını biliyordum. Anneme, "Posey, bu adamlarla sohbet etmezsen onları pohpohlamazsan bir balık gibi karnını yararlar," derdi. Bir saat uzaklıktaki Collingswood'da bir başka dükkân daha açtığını ve haftanın birkaç günü orada çalıştığını biliyordum. Yeni bir dükkânın, "daha fazla para ve daha iyi bir araba" anlamına geldiğini biliyordum. Annemin bu fikre karşı olduğunu da biliyordum.

Bu yüzden evet, kavga ediyorlardı, ama sonuçları hiç aklıma gelmemişti. O zamanlar ebeveynler ayrılmazdı. Sorunlarını bir şekilde çözerlerdi. Takımda kalırlardı.

Bir keresinde babamın smokin, annemin parlak kırmızı bir elbise giydiği bir düğünü hatırlıyorum. Orada dans etmeye kalkmışlardı. Annemin sağ elini kaldırdığını, babamın da elini onunkinin yanına koyduğunu hatırlıyorum. Ne kadar küçük olursam olayım onların pistteki en güzel çift olduklarını biliyordum. Babam uzun boylu, atletik vücutlu bir adamdı ve diğer babaların tersine beyaz tişörtünün altındaki karnı düzdü. Ya annem? Eh, o da mutlu görünüyor, kırmızı rujuyla gülümsüyordu. Ve o mutlu görünürken herkes gölgede kalırdı. O kadar güzel dans ederdi ki elinizde olmadan onu seyrederdiniz. Hareket ederken parlak elbisesi spot ışıklarıyla aydınlanıyor gibiydi. Bazı yaşlı kadınların "bu kadarı da fazla" ve "insan biraz mütevazı olur" diye mırıldandıklarını duyuyordum, ama annem kadar güzel görünmedikleri için kıskandıklarını biliyordum.

İşte anne babamı böyle görüyordum. Kavga ederlerdi, ama dans da ederlerdi. Babam ortadan kaybolduktan sonra sürekli olarak o düğünü düşünüyordum. Kendimi neredeyse annemi o kırmızı elbisesiyle yeniden görmek için babamın geri geleceğine inandırmıştım. Nasıl gelmezdi? Ama zaman içinde bunu düşünmeyi bıraktım. Zaman içinde o olayı solan bir tatil fotoğrafınızı gördüğünüz gibi görmeye başladım. Orası yalnızca uzun zaman önce gittiğiniz bir yerdir o kadar.

Boşandıklarından sonraki ilk eylül ayında annem, "Bu yıl ne yapmak istiyorsun?" diye bana sordu. Okul başlamak üzereydi, annem "yeni başlangıçlar" ve "yeni projeler" hakkında konuşuyordu. Kız kardeşim kukla tiyatrosu seçmişti.

Ben anneme baktım ve milyonlarca asık suratın ilkini yaptım.

"Beysbol oynamak istiyorum."

Birlikte Yenen Bir Yemek

O mutfakta ne kadar zaman geçtiğini bilmiyorum -hâlâ başım dönüyor, kendimi güçsüz hissediyordum- ama bir ara, belki annem, "Ye," dediği zaman orada olma fikrine fiziksel olarak teslim oldum. Annemin söylediğini yaptım.

Ağzıma bir çatal dolusu yumurta aldım.

Dilim neredeyse hazır ola geçti. İki gündür bir şey yemiyordum ve yiyecekleri bir mahkûm gibi ağzıma tıkıştırıyordum. Çiğnemek zihnimi durumumun olanaksızlığından uzaklaştırıyordu. Ve dürüst olabilir miyim? Yiyecekler tanıdık olduğu kadar lezzetliydi de. Annenizin sizin için hazırladığı yemeklerde ne vardır bilmiyorum, özellikle de herkesin yapabileceği şeylerse -gözleme, rosto, tonbalıklı salata- ama bu yemekler belirli bir hatıra tadı taşırlar. Annem eskiden yağda yumurtaya frenksoğanı katardı -onlara "küçük yeşil şeyler" derdim- ve işte yine onlardan koymuştu.

Ve şimdi geçmiş zamandaki annemle birlikte geçmiş zamandan kalma masada geçmiş zaman kahvaltısı yapıyordum.

"Ağır ol, kendini hasta edeceksin," dedi annem.

Bu da geçmiş zamandan kalmaydı.

Kahvaltımı bitirdiğimde tabakları lavaboya götürüp ıslattı.

"Teşekkür ederim," diye mırıldandım.

Annem başını kaldırıp baktı. "'Teşekkür ederim' mi dedin, Charley?"

Hafifçe başımı salladım.

"Ne için?"

Boğazımı temizledim. "Kahvaltı için."

Bulaşığı bitirirken gülümsedi. Evyenin önünde duruşunu seyrederken aniden bir aşinalık duygusu kapladı içimi, ben masada, o bulaşığın başında. Bu pozisyonda pek çok kez sohbet etmiştik, okul hakkında, arkadaşlar hakkında, komşulardan duyduğum inanmamam gereken dedikodular hakkında. Akan suyun sesi her zaman seslerimizi yükseltmemize neden olurdu.

"Burda olamazsın..." diye söze başladım. Sonra durdum. Bu cümleden ötesine geçemedim.

Musluğu kapatıp ellerini kuruladı.

"Saate bak," dedi. "Gitmemiz lazım."

Eğilip yüzümü ellerinin arasına aldı. Parmakları sıcak ve nemliydi.

"Hoş geldin," dedi. "Kahvaltı için."

Sandalyedeki çantasını aldı.

"Şimdi, uslu bir çocuk ol ve paltonu giy."

20 Temmuz 1959

Sevgili Charley-

Korktuğunu biliyorum, ama korkacak bir şey yok. Hepimiz bademciklerimizi aldırdık. Bize bir bak. Hepimiz iyiyiz!

Bu mektubu sakla. Doktorlar gelmeden önce yastığının altına koy. Uyuman için sana bir şey verecekler. Uykuya dalmadan hemen önce mektubun orada olduğunu hatırlarsın ve eğer ben odaya girmeden önce uyanırsan yastığının altına uzanıp mektubu yeniden okuyabilirsin. Okumak konuşmak gibidir, bu yüzden beni orada konuşuyormuşum gibi hayal edebilirsin.

Kısa süre sonra orada olacağım.

O zaman istediğin kadar dondurma yiyebilirsin! Buna ne dersin?

Seni her gün seviyorum.

Annen

Boşanmadan Sonra Chick'in Ailesi

Annemle babam boşandıktan sonra bir süre hayatımızı eskisi gibi devam ettirmeye çalıştık. Küçük kasabalar metronom gibidir; en ufak bir fiskeyle temposu değişebilir. İnsanlar bana ve kardeşime karşı çok nazikti. Doktorun muayenehanesinde ekstra lolipop veya dondurma külahına ekstra bir kaşık oluyordu hep. Sokakta bize rastlayan yaşlı insanlar omuzlarımızı içtenlikle sıkar ve, "Nasıl gidiyor çocuklar?" diye sorarlardı. Bu bize bir yetişkin sorusu gibi gelirdi. Çocuk sorusu, "Ne yapıyorsunuz?" olurdu.

Ama bize daha fazla nezaket gösteriliyorsa da anneme gösterilmiyordu. İnsanlar o zamanlar boşanmıyordu. Buna katlanmak zorunda kalan tek bir ebeveyn bile tanımıyordum. En azından bizim yaşadığımız yerde ayrılmak skandala yol açıyordu ve kabahat bir tarafa yükleniyordu.

Bizde bu kabahat anneme düşmüştü, bunun en büyük nedeni hâlâ orada olmasıydı. Kimse Len ve Posey arasında neler olduğunu bilmiyordu, ama Len gitmişti ve Posey orada kalarak yargılanmayı hak etmişti. Kendisine acınmasını veya onların omuzlarında ağlamayı reddetmesinin bir yararı olmuyordu. Ve durumu daha da kötüleştirmek istercesine annem hâlâ genç ve güzeldi. Bu yüzden kadınlar için bir tehdit, erkekler için bir fırsat ve çocuklar içinse bir gariplik oluşturuyordu. Biraz düşününce bunların hiçbiri de harika seçenekler değil doğrusu.

Zaman içinde, markette alışveriş arabasını sürerken veya boşanmadan sonraki ilk yıl beyaz üniforması, beyaz ayakkabıları ve beyaz çoraplarıyla kardeşimi ve beni okula bırakırken insanların anneme farklı bir şekilde baktıklarını fark ettim. Bize veda öpücüğü vermek için her zaman arabadan inerdi ve öteki çocukların annelerinin bize baktığını çok iyi bilirdim. Roberta ve ben bundan utanmaya başlamıştık.

"Annene bir öpücük ver," dedi bir gün eğilerek.

"Yapma," dedim bu kez, kenara çekilerek.

"Neyi yapmayayım?"

"Yalnızca..." Omuzlarımı kaldırıp yüzümü buruşturdum. "Yalnızca yapma."

Yüzüne bakamıyordum, bu yüzden ayaklarıma bakıyordum. Doğrulmadan önce bir an için öyle kaldı. Burnunu çektiğini duyabiliyordum. Saçlarımı okşadığını hissettim.

Ben başımı kaldırana kadar araba uzaklaşmıştı.

Bir öğleden sonra kilisenin park yerinde arkadaşımla koşmaca oynarken iki rahibe arka kapıyı açtı. Arkadaşım ve ben donup kaldık, yanlış bir şey yaptığımızı düşünüyorduk. Ama rahibeler beni çağırdı. Her birinin elinde alüminyum tepsiler vardı. Ben yaklaşırken et ve taze fasulye kokusunu alabiliyordum.

"Al," dedi bir tanesi. "Bu ailen için."

Bana neden yemek verdiklerini bilmiyordum. Ama rahibelere "hayır, teşekkürler," denmezdi. Bu yüzden annemin özel bir şey sipariş ettiğini düşünerek tepsileri alıp eve götürdüm.

"Bu ne?" diye sordu annem, ben eve girince.

"Rahibeler verdi."

Üstündeki yağlı kâğıdı açtı. Kokladı.

"Sen mi istedin?"

"I-ıhh. Ben koşmaca oynuyordum."

"Sen istemedin yani?"

"Hayır."

"Çünkü bizim yiyeceğe ihtiyacımız yok, Charley. Eğer düşündüğün buysa bizim sadakaya ihtiyacımız yok."

Savunmaya geçtim. "Sadaka"nın ne olduğunu bilmiyordum, ama herkese verilen bir şey olmadığını anlamıştım.

"Ben istemedim!" diye itiraz ettim. "Ben *taze fasulyeyi* sevmem bile."

Birbirimize baktık.

"Benim *suçum* değil," dedim.

Tepsileri elimden alıp lavaboya döktü. Etleri büyük bir kaşıkla ezip çöp öğütücüsüne soktu. Taze fasulyelere de aynısını yaptı. O kadar ateşli bir şekilde hareket ediyordu ki, gözlerimi ondan alamıyordum. Bütün yiyecekleri o küçük deliğe sokmayı başarmıştı. Suyu açtı. Çöp öğütücüsü gürledi. Ses daha da yükselince işin bittiğini anlayıp üstteki mıknatıslı kapağı çıkardı. Suyu kapattı. Ellerini önlüğüne sildi.

"İşte oldu," dedi bana dönerek. "Aç mısın?"

"Dul" sözcüğünü ilk kez Amerikan Lejyon beysbol maçından sonra duydum. Koçlar sopaları steyşın vagonun arkasına atıyorlardı. Diğer takımdaki babalardan biri yanlışlıkla benim sopamı aldı. Yanına gidip, "O benim," dedim.

"Öyle mi?" dedi sopayı elinde döndürerek.

"Evet. Bisikletimle getirdim."

Bundan şüphe edebilirdi, çünkü çocukların çoğu babalarıyla birlikte gelmişlerdi.

"Tamam," dedi sopamı vererek. Sonra gözlerini kısıp, "Sen dulun çocuğusun, değil mi?" diye sordu.

Bir şey söyleyemeden ona baktım. *Dul* mu? Kulağa egzotik geliyordu ve ben annemi o şekilde düşünmemiştim. Adamlar eskiden, "Sen Len Benetto'nun oğlusun, değil mi?" diye sorarlardı. Hangisinin beni daha fazla rahatsız ettiğinden emin değilim, yeni bir sözcüğün oğlu olmak mı, yoksa eskilerin oğlu olmamak mı?

"Annen nasıl?" diye sordu.

Omuz silktim. "İyi."

"Öyle mi?" dedi. Gözleri sahada dolaştı, sonra bana döndü. "Evde bir yardıma ihtiyacı var mı?"

Annem arkamda dikiliyormuş gibi hissettim. Aralarındaki tek şey bendim.

"O iyi," dedim yeniden.

Adam başını salladı.

Bu harekete güvenmemek mümkün olsaydı güvenmezdim.

O gün "dul" sözcüğüne aşina olduğum gün olsa da bu sözcüğün tiksinti verir hale geldiği günü açıkça hatırlıyorum. Annem işten eve gelince ketçap ve ekmek almak için bakkala gitmemi istedi. Arka bahçelerden geçerek kestirmeden gitmeye karar verdim. Tuğladan çiftlik evine geldiğimde okuldan iki büyük çocuğun baş başa verdiklerini gördüm. Leon adındaki iriyarı çocuk göğsüne bir şey bastırıyordu.

"Merhaba, Benetto," dedi hemen.

"Merhaba, Leon," dedim.

Öteki çocuğa baktım. "Merhaba, Luke."

"Merhaba, Chick."

"Nereye gidiyorsun?"

"Fanelli'ye."

"Ya?"

"Ya."

Elini gevşetti. Bir dürbün tutuyordu.

"Bu ne için?" diye sordum.

Ağaçlara bakmak için döndü. "Ordu aleti," dedi. "Bino'nun."

"Yirmi kez büyütüyor," dedi Luke.

"Bir bakayım."

Dürbünü bana verdi, gözlerime götürdüm. Burun kemerlerinin koyulduğu kısım ısınmıştı. Yukarı aşağı oynatıp gökyüzüne, çam ağaçlarına, ayaklarıma baktım.

"Bunları savaşta kullanıyorlar," dedi Luke. "Düşmanı görmek için."

"Bu babamın," dedi Leon.

Bu sözcüğü duymaktan nefret ediyordum. Dürbünü geri verdim.

"Görüşürüz," dedim.

Leon başıyla onayladı.

"Görüşürüz."

Oradan uzaklaşırken düşüncelerim dağınıktı. Leon'un ağaçlara doğru hızla dönmesi, bilirsiniz, fazla hızlıydı. Bu yüzden evin etrafından geri dönüp çalıların arasına saklandım. Gördüğüm şey beni bugün bile rahatsız ediyor.

İkisi birbirine sokulmuştu. Bu kez ağaçlara değil, bizim eve doğru dönmüşlerdi. Dürbünü bir o bir öteki alıyordu. Baktıkları yolu gözlerimle izleyince annemin yatak odasının penceresini gördüm. Annemin hareket eden gölgesini görebiliyordum. Kollarını başının üstüne kaldırmıştı, hemen şunları düşündüm: *işten geldi, üstünü değiştiriyor, yatak odası.* Buz kestiğimi hissettim. Bir şey hızla boynumdan ayaklarıma aktı.

"Vaaavv," diye inliyordu Leon. "Şu *dula* bak..."

Hiç böyle bir öfke hissettiğimi hatırlamıyorum, ne ondan önce ne de sonra. Gözümü kan bürümüş bir halde ikisine doğru koştum ve benden iri olmalarına rağmen arkalarından üstlerine atlayıp Leon'u boynundan yakaladım, hareket eden her şeye ama her şeye vurdum, vurdum.

Yürüyüş

Annem beyaz tüvit ceketini giyip omuzlarını salladı, ceketin üstüne yerleşmesini sağladı. Son yıllarını evlerinden çıkamayan yaşlı kadınların saçını ve makyajını yaparak, evden eve gidip güzellik ritüellerini canlı tutarak geçiriyordu. Bugün üç "randevusu" vardı. Hâlâ şaşkın bir şekilde onu takip ederek garajdan çıkışını seyrettim.

"Gölde yürümek ister misin, Charley?" diye sordu. "Günün bu saatinde çok güzel olur."

Konuşmaksızın başımı salladım. Islak çimenlerde yatıp enkaza baktığımdan bu yana ne kadar zaman geçmişti? Birisinin izimi sürüp beni bulması ne kadar alacaktı? Hâlâ ağzımdaki kanın tadını hissedebiliyordum ve keskin bir acı dalgalar halinde vücuduma yayılıyordu; bir dakika hiçbir şey yoktu, bir dakika sonra her yerim ağrıyordu. Ama işte oradaydım, eski mahallemde yürüyor, annemin saç malzemelerinin bulunduğu mor renkli vinil çantasını taşıyordum.

"Anne," diye mırıldandım sonunda. "Nasıl?..."

"Ne nasıl tatlım?"

Boğazımı temizledim.

"Nasıl burda *olabiliyorsun?*"

"Ben burda yaşıyorum," dedi.

Başımı iki yana salladım.

"Artık değil," diye fısıldadım.

Gökyüzüne baktı.

"Biliyorsun, sen doğduğun gün hava böyleydi. Serin, ama güzel. Doğum başladığında öğleden sonra geç saatti, hatırlıyor musun?" (Sanki, "Ah evet, hatırlıyorum," demem gerekiyordu.) "Şu doktor. Adı neydi? Rapposo mu? Dr. Rapposo. Altıya kadar doğurmam gerektiğini söyledi, çünkü karısı en sevdiği yemeği hazırlıyordu vc o yemeği kaçırmak istemiyordu."

Bu hikâyeyi daha önce de duymuştum.

"Balık köfteleri," diye mırıldandım.

"Balık köfteleri. Düşünebiliyor musun? Yapması ne kolay bir şey. O kadar acele ettiğine göre insan en azından biftek filan olması gerektiğini düşünüyor. Ah neyse, umurumda değildi. Doktor balık köftelerini yedi."

Oyunbaz bir şekilde bana baktı.

"Ve ben de sana sahip oldum."

Birkaç adım attık. Alnım zonkluyordu. Elimin tersiyle ovuşturdum.

"Ne oldu, Charley? Bir yerin mi acıyor?"

Soru o kadar basitti ki yanıt vermem mümkün değildi. Acı mı? Nereden başlamalıydım? Kazadan mı? Atlayışımdan mı? Üç günlük içki âleminden mi? Düğünden mi? Evliliğimden mi? Depresyonumdan mı? Son sekiz yıldan mı? Ne zaman acım yoktu ki?

"Çok iyi değilim, anne," dedim.

Çimenleri inceleyerek yürümeye devam eti.

"Biliyorsun, babanla evlendikten sonraki üç yıl boyunca çocuk istedim. O günlerde hamile kalmak için üç yıl beklemek uzun bir zamandı. İnsanlar bende bir kusur olduğunu düşünüyordu. Ben de öyle."

Yumuşak bir şekilde iç çekti. "Çocuksuz bir hayat düşünemiyordum. Hatta bir keresinde ben... dur. Bir bakalım."

Beni evin yakınında bulunan büyük bir ağaca doğru götürdü.

"Bunu bir gece geç saatte uyku tutmayınca yapmıştım." Eski bir hazinenin üstünü açarcasına elini ağacın kabuğunda gezdirdi. "Ah. Hâlâ burda."

Eğilip baktım. Ağaca LÜTFEN sözcüğü kazınmıştı. Küçük, çarpık harfler. Dikkatle bakmanız gerekiyordu, ama işte oradaydı. LÜTFEN.

"Tahtaya yazı yazan bir tek sen ve Roberta değildin," dedi gülümseyerek.

"Ne bu?"

"Bir dua."

"Çocuk için mi?"

Başıyla onayladı.

"Benim için mi?"

Yine başını salladı.

"Ağaca mı?"

"Ağaçlar bütün günlerini Tanrı'ya bakarak geçirirler."

Yüzümü buruşturdum.

"Biliyorum." Ellerini teslim olmuşçasına kaldırdı. "Çok *modası geçmişsin* anne diyeceksin."

Ağaca tekrar dokundu, sonra hafif bir *hmmm* sesi çıkardı. Dünyaya geldiğim o öğleden sonrasından beri olanları düşünüyor gibiydi. Bütün hikâyeyi bilse bu sesin nasıl değişeceğini merak ediyordum.

"Artık," dedi ilerleyerek. "Birinin seni ne kadar çok istediğini biliyorsun, Charley. Çocuklar bazen bunu unuturlar. Kendilerini bahşedilen bir dilek yerine yük olarak görürler."

Doğrulup ceketini düzeltti. Ağlamak istiyordum. Bahşedilen bir dilek mi? Birisi benden böyle bahsetmeyeli ne kadar uzun zaman olmuştu? Müteşekkir olmalıydım. Hayatıma böyle sırt çevirdiğim için kendimden utanmalıydım. Ama onun yerine içmek istiyordum. Barın karanlığını, düşük voltajlı ampulleri, içime ne kadar hızlı girerse beni o kadar hızlı götüreceğini bilerek kadehin boşalışını seyrederken alkolün hissizleştirici tadını özlüyordum.

Anneme yaklaşıp elimi omzuna koydum; hayalet filmlerinde gördüğünüz gibi içinden geçmesini bekliyor gibiydim. Ama geçmedi. Orada kaldı ve ben kumaşın altındaki ince kemikleri hissettim.

"Sen ölüsün," deyiverdim.

Ani bir esinti yerdeki yaprakları havalandırdı.

"Her şeyi fazla önemsiyorsun," dedi.

Posey Benetto'nun iyi bir konuşmacı olduğunu herkes söylerdi. Ama iyi konuşmacıların çoğunun tersine iyi bir dinleyiciydi de. Hastanedeki hastaları dinlerdi. Sıcak günlerde şezlonglardaki komşularını dinlerdi. Fıkraları çok severdi. Eliyle kendisini güldürenlerin omzunu iterdi. Çekiciydi. İnsanlar onun hakkında böyle düşünürdü: Çekici Posey.

Belli ki bu yalnızca babamın iri elleri onun beline dolanmışken böyleydi. İkisi boşandıktan, annem babamın ellerinden kurtulduktan sonra diğer kadınlar bu cazibenin kocalarının etrafında olmasını istemediler artık.

Böylece annem bütün arkadaşlarını kaybetti. Bulaşıcı bir hastalığı varmış gibi. Annemle babamın komşularla oynadığı kâğıt oyunları? Bitti. Doğum günü partilerine davetler? Bitti. Dört Temmuz'da her yerden kömür kokusu gelirdi, ama kimse bizi mangal partilerine davet etmiyordu. Noel zamanı evlerin önünde arabalar, pencerelerin önünde toplanmış yetişkinleri görebilirdiniz. Ama annem bizim mutfağımızda kurabiye hamuru yoğuruyor olurdu.

"Partiye gitmeyecek misin?" diye sorardık.

"Biz burda parti yapıyoruz," derdi.

Bunu kendi seçimiymiş gibi gösterirdi. Yalnızca üçümüz. Uzunca bir süre Noel Arifesi'nin aileye ait bir gün olduğunu düşündüm, dondurmaya çikolata sosunun döküldüğü, televizyondan gelen düdük sesleri anlamına geldiğini. Anne babaları giyinip süslenip saat yirmiye kadar evden çıktıkları için ergen arkadaşlarımın bu geceyi içki dolabını talan etmek için kullandıklarını öğrenmek beni şaşırtmıştı.

"Yani Noel Arifesi'nde annenle mi takılıp kalıyorsun?" diye soruyorlardı.

"Ya," diyordum inleyerek.

Ama aslında takılıp kalan benim çekici annem oluyordu.

Anneme Destek Vermediğim Zamanlar

Babam evden ayrılana kadar Noel Baba'dan vazgeçmiştim bile, ama Roberta daha altı yaşındaydı ve bütün rutinleri yerine getiriyordu: kurabiye bırakıyor, not yazıyor, gizlice pencereye gidiyor, yıldızları işaret edip, "Bu rengeyiği mi?" diye soruyordu.

Yalnız olduğumuz ilk aralık ayında annem özel bir şey yapmak istedi. Bir Noel Baba kıyafeti buldu: kırmızı ceket, kırmızı pantolon, çizme, sahte sakal. Noel Arifesi'nde Roberta'ya yirmi bir otuzda yatmasını ve saat yirmi ikide ne yaparsa yapsın oturma odasına gelmemesini söyledi, ki bu da Roberta'nın yirmi bir elli beşte yataktan çıkıp bir atmaca gibi oturma odasını seyretmesi anlamına geliyordu.

Elimde fenerle Roberta'yı takip ediyordum. Merdivenlere oturduk. Birden oturma odası karardı ve bir hışırtı duyduk. Kardeşim yutkundu. Feneri açtım. Roberta fısıltıyla bağırdı. "Hayır, Chick!" Feneri kapattım, ama sonra o yaşta biri olarak feneri tekrar açtım ve sırtında yastık kılıfından torbasıyla Noel Baba kıyafeti içindeki annemi yakaladım. Annem dönüp kükremeye çalıştı. "Ho! Ho! Ho! Kim varmış orda?" Kardeşim saklandı, ama ben nedense feneri anneme, sakallı yüzüne doğrultmaya devam ettim. Bu yüzden boşta kalan eliyle gözlerini korumak zorunda kaldı.

"Ho! Ho!" diye tekrar denedi.

Roberta bir böcek gibi dertop olmuş yumruklarının üstünden bakıyordu. "Chick, kapat şunu!" diye fısıldadı. "Onu korkutup kaçıracaksın!" Ama ben yalnızca durumun saçmalığını görebiliyordum, o andan itibaren her şeyi nasıl mış gibi yapacağımızı: doluymuş gibi görünen sahte yemek masası, sahte Noel Baba, bir ailenin dörtte üçü yerine tam bir aileymiş gibi yapma.

"O annem," dedim ifadesiz bir sesle.

"Ho! Ho! Ho!" dedi annem.

"Değil işte!" dedi Roberta.

"Evet o, ahmak. Annem o. Noel Baba kadın değildir, aptal."

Işığı annemin üstünde tutarken duruşunun değiştiğini gördüm; başı geriye düştü, omuzları çöktü, tıpkı polisler tarafından yakalanan bir Noel Baba gibi. Roberta ağlamaya başladı. Annemin bana bağırmak istediğini görebiliyordum, ama bunu yapıp kendini ele veremezdi, bu yüzden şapkasıyla sakalının arasından bana baktı. Babamın yokluğunu odanın her yerinde hissediyordum. Sonunda yastık kılıfındaki küçük hediyeleri odanın ortasına bırakıp yeniden, "Ho, ho, ho," diyerek kapıdan çıktı. Kardeşim gözyaşları içinde yatağa koştu. Ben fenerimle merdivenlerin başında boş odayı ve ağacı aydınlatarak kalakaldım.

Rose

Eski mahallemizde yürümeye devam ettik. Artık durumu belli belirsiz kabul etmiştim -buna ne derdiniz?- geçici bir delilik mi? Yaptığım şey yüzünden yakalanana kadar annemin beni götüreceği her yere gidecektim. Dürüst olmak gerekirse bunun sona ermesini istemiyordum. Sevdiğiniz biri karşınıza çıktığında onunla mücadele eden beyninizdir, kalbiniz değil.

İlk "randevusu" evimizden iki blok ötede, Lehigh Sokağı'nın ortasındaki tuğla evde yaşıyordu. Verandanın üstünde metal bir tente ve çakıl taşlarıyla dolu bir çiçek saksısı vardı. Sabah havası aşırı derecede serindi ve ışık bir garipti, görüntünün sınırlarını sanki mürekkeple çizilmiş gibi fazla keskin hale getiriyordu. Hâlâ başka kimseyi görmemiştim, ama saat daha sabahın ortasıydı ve insanlar çalışıyordu.

"Kapıyı çal," dedi annem.

Çaldım.

"Kulağı iyi duymaz. Daha yüksek sesle çal."

Kapıya vurdum.

"Bir daha vur."

Daha yüksek sesle vurdum.

"O kadar sert değil," dedi annem.

Sonunda kapı açıldı. Yürüteçle yürüyen önlük giymiş yaşlı kadının dudaklarında şaşkın bir gülümseme belirdi.

"*Günaaaaydın,* Rose," dedi annem melodik bir şekilde. "Yanımda genç bir adam getirdim."

"Ohhh," dedi Rose. Sesi o kadar yüksekti ki, bir kuş cıvıltısını andırıyordu. "Evet, görüyorum."

"Oğlum Charley'i hatırlıyor musun?"

"Ohhh. Evet. Hatırlıyorum."

Kadın bir adım geri çekildi. "İçeri girin. İçeri girin."

Evi temiz, minik ve 1970'lerde donup kalmış gibiydi. Halı maviydi. Kanepeler naylon kaplıydı. Onu çamaşır odasına kadar izledik. Adımlarımız doğal olmayan biçimde küçük ve ağırdı, Rose'un ve yürütecinin arkasında yürüyorduk.

"İyi bir gün geçiriyor musun, Rose?" diye sordu annem.

"Ohhh evet. Sen artık geldiğine göre."

"Oğlum Charley'i hatırlıyor musun?"

"Ohhh evet. Yakışıklıymış."

Bunu sırtı bana dönük olarak söylemişti.

"Çocukların nasıl, Rose?"

"Bu ne şimdi?"

"Çocukların?"

"Ohhh." Elini salladı. "Beni haftada bir kontrol ediyorlar. Bir görevmiş gibi."

O sırada Rose'un kim ya da ne olduğunu anlamamıştım. Bir hayalet mi? Gerçek bir kişi mi? Evi yeterince gerçek gibiydi. Kalorifer açıktı, kahvaltıdan kızarmış ekmek kokusu geliyordu. Çamaşır odasına girdim. Lavabonun yanına bir sandalye konmuştu. Radyodan büyük bir orkestranın çaldığını düşündüğüm bir parçanın sesi geliyordu.

"Şunu kapatır mısın, genç adam?" dedi Rose, arkasına dönmeden. "Radyoyu. Bazen sesi çok yüksek geliyor."

Ses düğmesini bulup kapattım.

"Korkunç, duydun mu?" dedi Rose. "Otoyoldaki kaza. Haberlerde bunu konuşuyorlardı."

Donup kaldım.

"Bir araba bir kamyona çarpıp büyük tabelanın içinden geçmiş. Aşağıya düşmüş. Korkunç."

Annemin yüzüne baktım, bana dönüp itirafımı istemesini bekliyordum. *Yaptığın şeyi kabul et, Charley.*

"Şey Rose, bu haber üzücü," dedi çantasındakileri çıkarmaya devam ederek.

"Ohhh evet," dedi Rose. "Hem de çok üzücü."

Bir dakika. Biliyorlar mıydı? Bilmiyorlar mıydı? Birisi camı tıklatıp beni çağıracakmış gibi soğuk bir korku hissediyordum.

Bunun yerine Rose önce yürütecini, ardından dizlerini, sonra da sıska omuzlarını bana doğru çevirdi.

"Annenle bir gün geçirmen çok güzel," dedi. "Çocukların bunu daha sık yapması gerekir."

Titreyen elini lavabonun yanındaki sandalyenin arkasına koydu.

"Şimdi, Posey," dedi. "Beni hâlâ güzelleştirebilir misin?"

Belki annemin nasıl kuaför olduğunu merak ediyorsunuzdur. Dediğim gibi o bir hemşireydi ve hemşire olmayı gerçekten seviyordu. Dikkatle bandaj yapmak, kan almak ve bitmek bilmez endişeli soruları neşeli bir şekilde yanıtlamak için sonsuz bir sabır kuyusu vardı. Erkek hastalar etraflarında genç ve güzel birinin olmasından hoşlanıyorlardı. Kadın hastalar saçları taranıp rujları sürüldüğü için müteşekkir oluyorlardı. Bunun o zamanlar bir kural olduğunu sanmıyorum, ama annem kasaba hastanemizin bazı hastalarına makyaj da yapmıştı. Bunun kendilerini iyi hissetmelerini sağladığını söylüyordu. Bir hastanenin anlamı buydu, öyle değil mi? "İnsanın oraya girip çürümesi gerekmiyor," derdi.

Bazen yemek masasında yüzünde dalgın bir bakış belirir ve "zavallı Bayan Halverson"dan ve amfizeminden veya "zavallı Roy Endicott"tan ve diyabetinden söz ederdi. Zaman zaman biri hakkında konuşmayı bırakınca kardeşim, "Yaşlı Bayan Golinski bugün ne yaptı?" diye sorardı. Annem, "Eve gitti, tatlım," derdi. Babam kaşlarını kaldırır ve ona bakardı, sonra yemeğini çiğnemeye devam ederdi. Ancak büyüdükten sonra "eve" gitmenin "ölmek" anlamına geldiğini fark ettim. Babam burada konuyu bir şekilde değiştirirdi.

İlçemizde yalnızca bir hastane vardı ve babam ortadan kaybolunca annem mümkün olduğunca fazla vardiya yapmaya çalıştı, bu da kardeşimi okuldan alamaması anlamına geliyordu. Bu yüzden çoğu günler Roberta'yı okuldan ben alır, eve getirir, sonra bisikletimle beysbol antrenmanına giderdim.

"Sence babam bugün gelecek mi?" diye sorardı kardeşim.

"Hayır, aptal," derdim. "Neden bugün gelsin?"

"Çünkü çimenler büyüdü ve babamın onları biçmesi gerekiyor," derdi. Ya da "Toplanması gereken bir sürü yaprak birikti." Ya da, "Çünkü bugün perşembe ve annem perşembeleri kuzu pirzolası pişiriyor."

"Bunun iyi bir neden olduğunu sanmıyorum," derdim.

Aşikâr soruyu sormadan önce biraz beklerdi.

"O zaman neden gitti, Chick?"

"Bilmiyorum! Yalnızca gitti, tamam mı?"

"Bu da iyi bir neden değil," diye mırıldanırdı.

Ben on iki, kardeşim yedi yaşındayken bir öğleden sonra okul bahçesinden çıktığımızda bir korna sesi duyduk.

"Bu annem!" dedi Roberta koşarak.

Annem arabadan inmemişti, ki bu çok garipti. Annem insanlara korna çalmanın kabalık olduğunu düşünürdü; yıllar sonra kardeşimi ön kapıya kadar gelemeyen bir çocukla çıkmaya değmeyeceği konusunda uyaracaktı.

Ama işte orada, arabanın içinde oturuyordu. Bu yüzden ben de kardeşimi takip edip caddeyi geçtim ve arabaya bindim.

Annem iyi görünmüyordu. Gözkapaklarının altı simsiyahtı, boğazını temizleyip duruyordu. Hemşire üniformasını giymemişti.

"Neden burdasın?" diye sordum. O günlerde onunla böyle konuşuyordum.

"Annene bir öpücük ver," dedi.

Koltuğuna doğru eğildim, annem saçlarımı öptü.

"Bugün işten erken çıkmana izin mi verdiler?" diye sordu Roberta.

"Evet, tatlım, öyle bir şey."

Burnunu çekti. Dikiz aynasına bakıp gözlerinin etrafındaki siyahları sildi.

"Dondurmaya ne dersiniz?"

"Evet! Evet!" dedi kardeşim.

"Benim idmanım var," dedim.

"Oh, neden idmanı boş vermiyorsun?"

"Hayır!" diye itiraz ettim. "İdmanı boş veremezsin; gitmek zorundasın."

"Kim demiş?"

"Koçlar ve herkes."

"Ben gitmek istiyorum! Külahta dondurma istiyorum!" dedi Roberta.

"Yalnızca hızla bir dondurma yiyeceğiz, tamam mı?" dedi annem.

"Iyy! Hayır! Tamam mı?"

Başımı kaldırıp doğruca annemin gözlerine baktım. Gördüğüm şeyi daha önce gördüğümü hiç sanmıyordum. Annem kaybetmiş gibi görünüyordu.

Hastaneden kovulduğunu daha sonra öğrenecektim. Bazı personelin onun artık bekâr olduğu için erkek doktorların dikkatini çok fazla dağıttığını düşündüklerini de sonradan öğrenecektim. Kıdemli personelle bir olay olmuştu ve annem uygunsuz davranış yüzünden şikâyette bulunmuştu. Kendini savunmasının ödülü "bunun artık yürümeyeceğini" duymak olmuştu. Bunların hepsini çok sonra öğrendim.

Garip olan nedir biliyor musunuz? Bütün bunları gözlerine bakar bakmaz bir şekilde anlamıştım. Ayrıntıları değil elbet. Ama kayıp kayıptır ve ben o bakışı tanıyorum, çünkü bende de var. Böyle baktığı için ondan nefret ediyordum. Benim kadar zayıf olduğu için de.

Arabadan inerek, "Dondurma istemiyorum. Ben idmana gidiyorum," dedim. Caddeyi geçerken kardeşim camdan bağırdı. "Sana bir külah getirmemizi ister misin?" Çok aptalsın, Roberta, diye düşündüm, dondurma erir.

Anneme Destek Vermediğim Zamanlar

Annem sigaralarımı buluyor. Çorap çekmecemdeler. On dört yaşındayım.

"Bu benim odam!" diye bağırıyorum.

"Charley! Bu konuyu konuştuk! Sana sigara içmemeni söyledim! Yapabileceğin en kötü şey bu! Senin neyin var?"

"Sen ikiyüzlüsün!"

Duruyor. Başını dikleştiriyor. "O sözcüğü kullanma."

"Sen sigara içiyorsun! İkiyüzlüsün!"

"O sözcüğü kullanma!"

"Neden, anne? Her zaman büyük sözcükler kullanmamı istersin. Bu da bir cümle. Sigara içiyorsun. Ben içemiyorum. Annem bir ikiyüzlü!"

Bağırırken hareket ediyorum; hareket etmek bana güç ve kendine güven veriyor. Sanki böylece bana vuramazmış gibi. Bu, annem güzellik salonunda bir iş bulduktan sonra oluyor; artık işe giderken beyaz üniformasının yerine modaya uygun kıyafetler giyiyor, şu anda giydiği turkuvaz bluz gibi. Bu giysiler onun hatlarını belli ediyor. Bunlardan nefret ediyorum.

"Bunları alıyorum," diye bağırıyor sigaralarımı kaparak. "Ve sen de dışarı çıkmıyorsun bayım!"

"Umurumda değil!" Ona öfkeyle bakıyorum. "Hem sen neden böyle giyinmek zorundasın? Beni hasta ediyorsun!"

"Ben ne?" Şimdi üstüme gelmiş bana tokat atıyor. "Ben NE? Seni ne yapıyorum?" şak! "Hasta mı ediyorum?" şak! "Seni HASTA ediyorum?" şak! "Öyle mi dedin" şak! "Sen?" şak, şak! "Öyle mi? BENİM HAKKIMDA BÖYLE Mİ DÜŞÜNÜYORSUN?"

"Hayır! Hayır!" diye bağırıyorum. "Kes şunu!"

Ellerimi başıma siper edip kaçıyorum. Merdivenlerden koşarak garaja iniyorum. Hava kararıncaya kadar orada kalıyorum. Sonunda eve gelince yatak odasının kapısı kapalı, içeride ağladığını duyuyorum. Odama gidiyorum. Sigaralarım hâlâ orada. Bir tane yakıp ağlamaya başlıyorum.

Mahcup Çocuklar

Rose başını geriye, lavaboya yaslamış, annem yumuşak hareketlerle duşu saçlarına tutuyordu. Belli ki bütün rutini belirlemişlerdi. Rose'un başı oraya ulaşana kadar yastıklar ve havlularla desteklemişlerdi. Annem boşta kalan elini Rose'un saçlarının arasından geçiriyordu.

"Yeterince sıcak mı, tatlım?" diye sordu annem.

"Ohhh evet, canım. İyi." Rose gözlerini kapattı. "Biliyorsun, Charley. Ben çok daha genç bir kadın olduğumdan beri annen saçlarımı yapar."

"Senin kalbin genç, Rose," dedi annem.

"Tek parçam o zaten."

Gülüştüler.

"Güzellik salonuna gittiğim zaman yalnızca Posey'i isterdim. Posey orda değilse ertesi gün tekrar giderdim. 'Başka birini istemez misiniz?' diye sorarlardı. Ama ben, 'Bana Posey'den başka kimse dokunamaz,' derdim."

"Çok tatlısın, Rose," dedi annem. "Ama öteki kızlar da iyiydi."

"Oh tatlım, sus. Bırak da seni öveyim. Annen, Charley, bana hep zaman ayırırdı. Ve güzellik salonuna gitmek benim için zorlaşınca o evime gelmeye başladı, hem de her hafta."

Titrek parmaklarıyla annemin koluna dokundu.

"Bunun için teşekkürler, canım."

"Bir şey değil, Rose."

"Sen de çok güzeldin."

Annemin gülümsemesini seyrettim. Lavaboda birisinin saçlarını yıkamaktan nasıl bu kadar gurur duyabilirdi?

"Sen Charley'in küçük kızını görmelisin, Rose," dedi annem. "Güzellikten söz açılmışken. O tam bir yürek yakandır."

"Öyle mi? Adı ne?"

"Maria. Yürek yakan değil mi, Charley?"

Buna nasıl yanıt verebilirdim? Birbirlerini gördükleri son gün annemin öldüğü gün, yani sekiz yıl önceydi. Maria o zaman hâlâ ergenlik çağındaydı. O zamandan beri neler olduğunu ona nasıl söyleyebilirdim? Kızımın hayatından çıktığımı? Yeni bir soyadı olduğunu? Yerlerde süründüğüm için onun düğününe davet edilmediğimi? Eskiden beni severdi, gerçekten severdi. İşten eve geldiğimde bana koşardı, kollarını açıp, "Baba, kucağına al beni!" diye bağırırdı.

Neler oldu?

"Maria benden utanıyor," diye mırıldandım sonunda.

"Aptal olma," dedi annem.

Bana bakıp avuçlarına şampuan döktü. Başımı öne eğdim. Çok kötü şekilde içmek istiyordum. Gözlerini hissedebiliyordum. Parmaklarının Rose'un saçlarını yoğurduğunu duyabiliyordum. Annemin önünde rezil olduğumu hissetmemin nedenlerinin içinde en kötü olanı kötü bir baba olmamdı.

"Biliyor musun, Rose?" dedi annem birden. "Charley saçlarını kesmeme asla izin vermez. Buna inanabiliyor musun? Berbere gitmekte ısrar eder."

"Neden, tatlım?"

"Oh bilirsin işte. Belirli bir yaşa gelirler ve, 'Benden uzak dur, anne, benden uzak dur' dönemi başlar."

"Çocuklar ebeveynlerinden utanıyorlar," dedi Rose.

"Çocuklar ebeveynlerinden utanıyorlar," diye tekrarladı annem.

Bu doğruydu, ergenlik çağındayken annemi kendimden uzaklaştırırdım. Sinemada onun yanına oturmayı reddederdim. Öpücüklerinden kaçardım. Kadınsı görüntüsü karşısında kendimi rahatsız hissederdim ve etraftaki boşanmış tek kadın olması yüzünden öfkelenirdim. Onun da öteki anneler gibi olmasını isterdim, ev elbiseleri giymesini, fotoğraf albümü hazırlayıp çikolatalı kek pişirmesini.

"Bazen çocuklar insana çok çirkin şeyler söylüyorlar, değil mi, Rose? İnsan, 'Bu kimin çocuğu?' diye sormak istiyor."

Rose kıkırdadı.

"Ama genellikle yalnızca acı çekiyor oluyorlar. Bunu halletmeleri gerekiyor."

Bana bir bakış fırlattı. "Hatırlar mısın, Charley? Bazen çocuklar onların incindiği gibi incinmeni isterler."

İncindikleri gibi incinmeni mi? Benim yaptığım da bu muydu? Annemin yüzünde de babamın bende neden olduğu reddedilmişliği görmeyi mi istiyordum? Kızım da bana aynı şeyi mi yapmıştı?

"Ben onunla hiçbir şey demek istemedim, anne," diye fısıldadım.

"Neyle hiçbir şey demek istemedin?"

"Utanmakla. Senden, giysilerinden veya... durumundan."

Ellerindeki şampuanı durulayıp suyu Rose'un kafasına tuttu.

"Annesinden utanan çocuk," dedi annem. "Yalnızca yeterince çocukluğunun keyfini sürememiştir."

Oturma odasında bir guguklu saat vardı. Küçük çanı ve mekanik kayma sesiyle sessizliği bozuyordu. Annem şimdi makas ve tarakla Rose'un saçlarını biçimlendiriyordu.

Telefon çaldı.

"Charley, tatlım," dedi Rose. "Benim yerime bakar mısın?"

Yandaki odaya geçtim, sesi takip ederek mutfağın dışındaki duvarda asılı duran telefonu buldum.

"Alo?" dedim.

Ve her şey değişti.

"CHARLES BENETTO?"

Bu bağıran bir erkek sesiydi.

"CHARLES BENETTO! BENİ DUYUYOR MUSUN, CHARLES?"

Donup kaldım.

"CHARLES? BENİ DUYDUĞUNU BİLİYORUM! CHARLES! BİR KAZA OLDU! BİZİMLE KONUŞ!"

Ellerim titreyerek ahizeyi yerine koydum.

Annemin Bana Destek Verdiği Zamanlar

Babamın gidişinden üç yıl sonra. Gecenin bir yarısı kardeşimin koridorda koştuğunu duyunca uyandım. Hep annemin odasına koşardı. Başımı yastığa gömüp tekrar uykuya daldım.

"Charley!" Annem birden odama gelmiş, yüksek sesle fısıldıyordu. "Charley! Beysbol sopan nerde?"

"Ne?" diye homurdanarak dirseklerimin üstünde doğruldum.

"Şşştt!" dedi kardeşim.

"Sopa," dedi annem.

"Ne sopası?"

"Şşştt!" dedi kardeşim.

"Kardeşin bir şey duymuş."

"Evde hırsız mı var?"

"Şşşttt!" dedi kardeşim.

Kalbim hızla çarpmaya başladı. Çocukken kedi hırsızları (ama onların kedi çaldığını sanırdık) ve evlere girip orada yaşayanları bağlayan hırsızları duyardık. Hemen daha kötü bir şey hayal ediyorum, bütün amacı bizi öldürmek olan davetsiz bir misafir.

"Charley? Sopa?"

Dolabı işaret ettim. Göğsüm inip kalkıyordu. Annem benim siyah beysbol sopamı buldu. Kardeşim onun elini bırakıp yatağıma atladı. Avuçlarımı yatağa bastırırken nasıl bir rol oynamam gerektiğinden emin değildim.

Annem yavaşça kapıyı açtı. "Burda kalın," diye fısıldadı. Onu tutuşunun yanlış olduğunu söylemek istiyordum. Ama gitti.

Kardeşim yanımda titriyordu. Onunla birlikte kaldığım için utanıyordum, bu yüzden yataktan çıkıp kapıya gittim, ama pijamamı o kadar sert çekti ki neredeyse yırtıyordu.

Koridorda evin bütün çatırtılarını duyuyordum ve her seferinde elinde bıçaklı bir katil hayal ediyordum. Yumuşak bir pat sesi duydum. Ardından ayak sesleri. İriyarı, kırmızı suratlı bir adamın kardeşimi ve beni yakalamak için yukarı geldiğini hayal ettim. Sonra gerçek bir şey duydum, bir şangırtı. Sonra... sesler mi duyuyordum? Bunlar insan sesi mi? Evet. Hayır, Bekle, bu annemin sesi, değil mi? Merdivenlerden aşağı koşmak istiyordum. Yatağa geri dönmek istiyordum: Derinden gelen bir ses duyuyordum; bu başka bir ses mi? Bir erkek sesi mi?

Yutkundum.

Dakikalar sonra bir kapının kapandığını duydum. Sertçe.

Sonra yaklaşan ayak sesleri.

Annemin sesi ondan önce geldi. "Geçti, geçti," dedi fısıldamadan. Hızla odaya girip saçlarımı okşadıktan sonra kardeşimin yanına gitti. Sopayı bıraktı, tangırtıyla yere düştü. Kardeşim ağlıyordu. "Geçti. Bir şey değilmiş," dedi annem.

Duvara yaslandım. Annem, kardeşime sarıldı. Daha önce hiç duymadığım şekilde nefesini bıraktı.

"Kimmiş?" diye sordum.

"Hiç kimse, hiçbir şey," dedi. Ama yalan söylediğini biliyordum. Kim olduğunu biliyordum.

"Buraya gel, Charley." Elini uzattı. Kollarım iki yanımda ona doğru uzandım. Beni kendine doğru çekti, ama ben direndim. Ona kızgındım. Bu evden temelli olarak gidene kadar ona kızgın olacaktım. Gelenin kim olduğunu biliyordum. Ve babamın kalmasına izin vermediği için ona çok kızmıştım.

"Pekâlâ, Rose," diyordu annem ben odaya girerken. "Güzel görüneceksin. Yarım saat ver yeter."

"Telefondaki kimdi, canım?" diye sordu Rose.

Başımı zorlukla iki yana sallayabildim. Parmaklarım titriyordu.

"Charley?" dedi annem. "İyi misin?"

"Şey..." Yutkundum. "Kimse yoktu."

"Belki de bir satıcıydı," dedi Rose. "Telefonu bir erkek açınca korkuyorlar. Benim gibi yaşlı kadınları seviyorlar."

Oturdum. Birden tükendiğimi, çenemi kaldıramayacak kadar yorgun olduğumu hissettim. Az önce ne olmuştu? Kimin sesiydi o? Beni nerede bulacağını kim bilebilirdi? Peki, neden gelip beni almıyorlardı? Ne kadar çok düşünürsem başım o kadar dönüyordu.

"Yorgun musun, Charley?" diye sordu annem.

"Bana... bir saniye ver."

Gözlerim kapandı.

"Uyu," dediğini duydum bir sesin, ama bunu hangisinin söylediğini bilmiyordum. O kadar yorgundum ki.

Annemin Bana Destek Verdiği Zamanlar

On beş yaşındayım ve ilk kez tıraş olacağım. Çenemde tek tük, dudaklarımın üstünde dağınık tüyler var. Bir gece Roberta uyuduktan sonra annem beni banyoya çağırdı. Paslanmaz iki bıçaklı Gillette Safety Razor ve bir tüp Burma-Tıraş kremi almış.

"Nasıl yapman gerektiğini biliyor musun?"

"Elbette," dedim. Ama bu konuda hiçbir fikrim yoktu.

"Yap o zaman."

Tüpteki kremi sıktım. Yüzüme sürdüm.

"Ovuşturacaksın," dedi annem.

Ovuşturdum. Yanaklarım ve çenem kaplanana kadar devam ettim. Jileti aldım.

"Dikkatli ol," dedi annem. "Bir tarafa doğru çekeceksin, bir aşağı bir yukarı değil."

"Biliyorum," dedim kızarak. Bu işi annemin önünde yapmaktan rahatsız oluyordum. Bu kişi babam olmalıydı. Annem bunu biliyordu. Ben biliyordum. Ama ikimiz de bir şey söylemiyorduk.

Onun talimatlarını izledim. Bir yöne doğru çektim, kremin geniş bir şerit halinde temizlenmesini seyrettim. Jileti çeneme sürdüğüm zaman yapıştı ve bir kesik hissettim.

"Oooh, Charley, iyi misin?"

Bana uzandı, sonra bunu yapmaması gerektiğini biliyormuş gibi ellerini geri çekti.

"Endişelenmeyi bırak," dedim, devam etmeye kararlı bir şe-kil 'e.

O seyretti. Ben devam ettim. Çeneme ve boynuma indim. İşim bitince bir elini yanağına koyarak gülümsedi. İngiliz aksanıyla, "Ba-şardın," dedi.

Bu kendimi iyi hissetmemi sağladı.

"Şimdi yüzünü yıka," dedi.

Anneme Destek Vermediğim Zamanlar

Cadılar Bayramı. Artık on altı yaşında ve şeker-ya da-şaka turları için çok büyüğüm. Ama kardeşim yemekten sonra onu dışarı çıkarmamı istiyor -karanlıkta daha iyi şekerleme alacağına inanıyor- yeni kız arkadaşım Joanie de bizimle geleceği için isteksizce kabul ediyorum. Joanie ikinci sınıfların amigo kızı ve ben okulun beysbol takımının yıldızıyım.

"Uzağa gidip bütün şekerleri toplayalım," diyor kardeşim.

Dışarısı soğuk. Ellerimizi ceplerimize sokup evden eve dolaşıyoruz. Roberta şekerlerini kahverengi bir alışveriş torbasında topluyor. Ben beysbol ceketimi giymişim. Joani'yse amigo kazağını.

"Şeker-ya da-şaka!" diye bağırıyor kardeşim kapı açılınca.

"Oh, peki sen kimsin?" diyor bir kadın. Sanırım annemin yaşlarında, ama saçları kızıl, üzerinde bir ev elbisesi var ve kaşları kötü bir şekilde gerilmiş.

"Ben korsanım," diyor Roberta. "Grrr."

Kadın gülümseyip bankaya bir peni atar gibi kardeşimin torbasına bir çikolata atıyor, çikolata pat diye torbanın içine düşüyor.

"Ben onun ağabeyiyim," diyorum.

"Ben de... onlarla birlikteyim," diyor Joanie.

"Peki anne babanızı tanıyor muyum?"

Kardeşimin torbasına bir çikolata daha atmak üzere.

"Annem Bayan Benetto," diyor Roberta.

Kadın duraklıyor. Çikolatayı geri çekiyor.

"Bekâr Bayan Benetto'yu mu kast ediyorsunuz?" diye soruyor.

Hiçbirimiz ne diyeceğimizi bilmiyoruz. Kadının ifadesi değişiyor ve kalkık kaşları aşağıya doğru iniyor.

"Şimdi beni dinle, tatlım. Annene, kocamın her gün dükkânının yanındaki küçük moda gösterisini izlemek zorunda olmadığını söyle. Herhangi bir fikre kapılmamasını söyle, tamam mı? Büyük hayaller kurmasın."

Joanie, bana bakıyor. Ensem yanıyor.

"Onu da alabilir miyim?" diye soruyor Roberta, gözleri çikolatada.

Kadın çikolatayı göğsüne doğru çekiyor.

"Hadi, Roberta," diye mırıldanıyorum onu çekiştirerek.

"Ailenizden geliyor olmalı," diyor kadın. "Her şeyi ele geçirmek istiyorsunuz. Ona ne dediğimi söyleyin! Hayal kurmasın, tamam mı?"

Bahçesinin yarısını geçmişiz bile.

Rose Veda Ediyor

Rose'un evinden çıktığımızda güneş öncekinden daha parlaktı. Rose bizi verandanın sonuna kadar izledi, alüminyum kapı yürütecinin yan tarafına dayanmıştı.

"Görüşürüz, Rose, tatlım," dedi annem.

"Teşekkür ederim, canım. Yakında görüşürüz."

"Elbette görüşeceğiz."

Annem Rose'u öptü. Kabul etmeliyim ki iyi iş çıkarmıştı. Rose'un saçı şekillendirilmişti ve geldiğimiz zamankinden birkaç yaş daha genç görünüyordu.

"İyi görünüyorsun," dedim.

"Teşekkür ederim, Charley. Bu özel bir gün."

Yürüteci tutan ellerini oynattı.

"Anlamı nedir?"

"Kocamı göreceğim."

Bakımevi ya da hastanede olabilir diye nerede olduğunu sormadan, "Oh öyle mi? Ne güzel," deyiverdim.

"Evet," dedi yumuşak bir sesle.

Annem ceketindeki bir ipliği aldı. Sonra bana bakıp gülümsedi. Rose geri gidip kapıyı kapattı.

Dikkatle merdivenlerden indik, annem kolumu tutuyordu. Kaldırıma vardığımızda annem solu işaret etti, o tarafa döndük. Güneş neredeyse tam tepemizdeydi.

"Öğle yemeğine ne dersin, Charley?"

Neredeyse kahkaha atacaktım.

"Ne oldu?" diye sordu annem.

"Hiçbir şey. Tabi. Öğle yemeği." Bu da her şey kadar mantıklıydı.

"Biraz uyuduğun için kendini daha iyi hissediyor musun artık?"

Omuz silktim. "Galiba."

Elime şefkatli bir şekilde dokundu.

"O ölüyor, biliyorsun."

"Kim? Rose mu?"

"Hı-hı."

"Anlamıyorum. İyi görünüyor."

Tepedeki güneşe gözlerini kısarak baktı.

"Bu gece ölecek."

"Bu gece mi?"

"Evet."

"Ama kocasını göreceğini söyledi."

"Görecek."

Durdum.

"Anne," dedim. "Bunu sen nerden biliyorsun?"

Gülümsedi.

"Hazırlanmasına yardım ediyorum."

III. Öğlen

Chick ve Üniversite

Üniversiteye gittiğim günün annemin en mutlu günü olacağını düşünüyordum. En azından öyle başladı. Üniversite beysbol bursuyla okul ücretimin yarısını ödemeyi teklif etmişti, ama annem bunu arkadaşlarına söylerken yalnızca "burs" diyordu. Bu sözcüğe olan sevgisi benim kitaplarla değil de topla ilgilenmek için kabul edilmiş olmam olasılığını gölgeliyordu.

İlk yılımın başlangıcında arabayla üniversiteye gidişimizi hatırlıyorum. Annem gün doğmadan kalkmıştı. Ben yalpalayarak aşağıya inerken müthiş bir kahvaltı beni bekliyordu: gözleme, beykın, yumurta, altı kişi bu kahvaltıyı bitiremezdi. Roberta da bizimle gelmek istedi, ama ben asla dedim -demek istediğim annemle gitmem bile yeterince kötüydü zaten- bu yüzden Roberta kendini bir tabak dolusu pekmez kaplı kızarmış ekmekle teselli etti. Onu komşuya bırakıp dört saatlik yolculuğumuza başladık.

Bu annem için önemli bir gün olduğundan "özel giysilerinden" birini giymişti -mor takım elbise, fular, yüksek topuklar ve güneş gözlükleri- ve benim beyaz gömlek giyip papyon takmamda ısrar ediyordu. "Üniversiteye başlıyorsun, balık tutmaya gitmiyorsun," diyordu. İkimiz Pepperville'de yeterince kötü bir şekilde göze çarpıyorduk, ama unutmayın üniversiteye 60'ların ortasında, ne kadar kötü giyinirseniz o kadar iyi giyinmiş olduğunuz bir dönemde başlıyordum. Böylece sonunda kampusa varıp Chevy steyşın vagondan indiğimizde ortalığın sandaletler köylü eteklikleri, sırtları açık bluzlar giymiş genç kadınlar, kolsuz tişört ve şort giymiş genç adamlarla dolu olduğunu gördük. Ve işte biz papyon, mor takım elbiseyle dikiliyorduk. Annemin beni bir kez daha gülünç duruma düşürdüğünü düşünüyordum.

Annem kütüphanenin nerede olduğunu öğrenmek istiyordu. Bize yolu tarif edecek birini buldu. "Charley, şu kitaplara bak," dedi hayranlıkla zemin katta dolaşırken. "Burda dört yıl boyunca kalabilir ve hiçbir etki yaratmayabilirsin."

Gittiğimiz her yerde bir şeyleri işaret ediyordu. "Bak! Şu bölmeye bak orda çalışabilirsin," ve "Bak, kafeterya masası, orda yemeğini yiyebilirsin." Yakında gideceğini bildiğim için ona katlanıyordum. Ama çimenlerde yürürken güzel görünümlü bir kız -ağzında sakız, dudaklarında beyaz ruj, alnında perçemler- gözlerime baktı, ben onunkilere baktım ve kol kaslarımı gerip, üniversitedeki ilk kızım, diye düşündüm, kim bilir? O anda annem, "Tuvalet malzemelerini bavula koymuş muyduk?" diye sordu.

Buna nasıl yanıt verirdiniz? Evet mi? Hayır mı? "İsa aşkına, anne!" Çok kötüydü. Kız yanımızdan geçip giderken alaycı bir şekilde güldü ya da belki de bana öyle geldi. Neyse, biz onun evreninde mevcut değildik. Bir ağacın altına serilmiş olan sakallı iki gencin yanına doğru kayıp gidişini seyrettim. Birini dudaklarından öptü, aralarına çöktü. Bense orada durmuş annemle tuvalet malzemelerim hakkında konuşuyordum.

Bir saat sonra bavulumu yatakhanenin merdivenlerinden çıkarıyordum. Annem benim deplasmanda Pepperville County'e sayı kazandırdığım iki "şanslı" beysbol sopamı taşıyordu.

"Tamam," dedim elimi uzatarak. "Sopaları alayım."

"Seninle yukarı geliyorum."

"Hayır, buna gerek yok."

"Ama odanı görmek istiyorum."

"Anne."

"Ne var?"

"Hadi."

"Ne?"

"Biliyorsun. Hadi."

Duygularını incitmeyecek ne söyleyebilirdim bilmiyorum, bu yüzden elimi biraz daha uzattım. Yüzü soldu. Ondan yirmi santim daha uzundum. Bana sopaları verdi. Onları bavulun üstüne yerleştirdim.

"Charley," dedi annem. Sesi daha yumuşak ve farklıydı. "Annene bir öpücük ver."

Bavulu tok bir sesle yere bıraktık. Ona doğru eğildim. Tam o sırada benden büyük iki öğrenci hoplaya zıplaya merdivenlerden inmeye başladı. Yüksek sesle konuşuyor, kahkahalar atıyorlardı. İçgüdüsel olarak annemden uzaklaştım.

"Pardon lütfen," dedi bir tanesi etrafımızdan dolaşırken.

Onlar gittikten sonra yalnızca yanağına bir öpücük kondurmak için eğildim, ama o kollarını boynuma dolayıp beni kendine doğru çekti. Parfümünün, saç spreyinin, nemlendiricisinin, bu özel gün için süründüğü bütün losyonlarının kokusunu alabiliyordum.

Kendimi çekip bavulumu aldım, annemi üniversite eğitimine yaklaşabileceği son noktada, yatakhanenin merdivenlerinde bırakarak yukarı tırmanmaya başladım.

Gün Ortası

"Peki Catherine nasıl?"

Mutfağa geri dönmüştük. Annemin önerdiği gibi öğle yemeği yiyorduk. Yalnız olduğum için yemeklerimin çoğunu bar taburesinde veya fast-food restoranlarında yiyordum. Ama annem evden dışarıda yemekten hep uzak dururdu. "Neden kötü yiyecekler için para ödeyelim ki?" derdi. Babam gittikten sonra bu kuşkulu bir nokta haline gelmişti. Artık paramız olmadığı için dışarıda yemiyorduk.

"Charley? Tatlım?" diye tekrarladı. "Catherine nasıl?"

"İyi," diye yalan söyledim, Catherine'in nasıl olduğu konusunda hiçbir fikrim yoktu.

"Peki ya Maria'nın senden utanması durumu? Bu konuda Catherine ne diyor?"

Üstünde sandviç bulunan tabakla geldi; çavdar ekmeği, rozbif, domates ve hardal. Sandvici çapraz olarak kesti. En son ne zaman çapraz kesilmiş bir sandviç gördüğümü hatırlamıyordum.

"Anne," dedim. "Açıkça söylemek gerekirse... Catherine ve ben ayrıldık."

Dilimlemeyi bitirdi. Bir şey düşünüyor gibiydi.

"Dediğimi duydun mu?"

"Hmmm," diye yanıt verdi, sessizce, başını kaldırmadan. "Evet, Charley. Duydum."

"Sorun onda değildi. Bendeydi. Bir süredir iyi değildim, biliyor musun? Bu nedenle..."

Ne diyecektim? *Bu yüzden kendimi öldürmeye çalıştım mı?* Tabağı önüme itti.

"Anne..." Sesim titriyordu. "Seni gömdük. Sen öleli uzun zaman oldu."

Sandvice, iki üçgen parçasına baktım. "Artık her şey farklı," diye mırıldandım.

Bana doğru uzanıp elini yanağıma koydu. Acı içine işliyormuş gibi yüzünü buruşturdu.

"Her şey düzeltilebilir," dedi.

8 Eylül 1967

Charley,

Yazımı nasıl buldun! Henrietta'nın daktilosunda alıştırma yapıyorum. Çok güzel!

Ben gidene kadar bunu okumayacağını biliyorum. Ama senin üniversitede olman fikri yüzünden çok heyecanlı olduğum için unuturum diye sana bir şey söylemek istiyorum. Seninle gurur duyuyorum, Charley. Ailemizde üniversiteye giden ilk kişi sensin!

Charley, oradaki insanlara karşı nazik ol. Öğretmenlerine karşı kibar ol. Üniversite öğrencilerinin öğretmenlerini ilk isimleriyle çağırdığını duysam da sen onlara her zaman Bayan ve Bay de. Başka türlüsünün doğru olduğunu sanmıyorum. Ve çıktığın kızlara karşı nazik ol. Benden aşk hayatı tavsiyesi istemediğini biliyorum, ama kızlar seni yakışıklı bulsa bile bu kaba olmak için bir mazeret değildir. Kibar ol.

Ve uykunu iyi al. Güzellik salonuna gelen Josie, üniversitedeki oğlunun dersler sırasında durmadan uyukladığını söylüyor. Öğretmenlerine bu şekilde hakaret etme, Charley. Derste uyuya kalma. Bu senin için büyük şans, öğretiliyor ve öğreniyor olacaksın, herhangi bir dükkânda çalışmak zorunda değilsin.

Seni her gün seviyorum.

Ve seni her gün özleyeceğim.

Sevgiler,

Annen

Hayaletler Geri Dönünce

Eskiden babamı bulmakla ilgili hayaller kurardım. Onun yandaki kasabaya taşındığını ve benim bir gün onun evine gidip kapıyı çaldığımı, onun bütün bunların büyük bir hata olduğunu söyleyişini hayal ederdim. İkimiz birlikte eve gelirdik, ben önde olurdum, babam arkada pedal çevirirdi ve annem kapıya koşup gözyaşlarına boğulurdu.

İnsanın zihninin üretebildiği fanteziler çok şaşırtıcı oluyor. Gerçek şu ki babamın nerede yaşadığını bilmiyordum ve hiç de öğrenmemiştim. Okuldan sonra içki dükkânına giderdim, ama orada olmazdı. Dükkânı artık arkadaşı Marty idare ediyordu ve o babamın Collingswood'da tam gün çalıştığını söylemişti. Orası yalnızca bir saatlik mesafedeydi, ama benim yaşımdaki bir çocuk için ayda sayılabilirdi. Bir süre sonra dükkânına gitmeyi bıraktım. Birlikte bisikletle eve döndüğümüz fantezilerini de. İlkokulu, ortaokulu, liseyi babamla bir bağlantı kurmadan bitirdim.

O bir hayaletti.

Ama onu hâlâ görüyordum.

Ne zaman beysbol sopasını savursam ya da topa vursam onu görüyordum, bu yüzden beysboldan hiç vazgeçmemiştim, her bahar ve her yaz her takımda ve mümkün olan her ligde oynuyordum. Babamın dirseğimi dürtüşünü, duruşumu düzeltmesini hayal ediyordum. "Koş, koş, koş," diye bağırdığını duyabiliyordum.

Bir çocuk babasını beysbol sahasında her zaman görebilir. Bana göre gerçekten gelişi yalnızca an meselesiydi.

Böylece yıllar boyunca yeni takım formalarını üstüme geçirdim -kırmızı çoraplar, gri pantolon, mavi üst, sarı şapka- ve her seferinde bir ziyarete hazırlanıyormuş gibi giyindim. Ergenliğimi annemin tutkusu olan kitap kokularıyla, babamın tutkusu olan deri beysbol eldivenlerinin kokusu arasında bölüştürdüm. Vücudum babamınkinin yapısını alıyordu, geniş, güçlü omuzlar, ama ondan altı santim daha uzun bir boy.

Büyürken denize düşen yılana sarılır misali tutunmuştum bu oyuna, hem de büyük bir sadakatle.

Sonunda beni babama kavuşturana kadar.

Öyle olacağını hep biliyordum.

Babam sekiz yıllık yokluktan sonra 1968'deki ilk üniversite maçımda ortaya çıktı. Formumu en iyi görebileceği sol tarafımda, ön sırada oturuyordu.

O günü hiç unutmayacağım. Rüzgârlı bir öğleden sonraydı ve yağmur tehdidiyle dolu gökyüzü metal rengiydi. Yerime doğru yürüdüm. Genellikle seyircilere bakmazdım, ama nedense bu kez baktım. Ve işte oradaydı. Şakakları kırlaşmıştı ve omuzları daha küçük görünüyordu, beli kalınlaşmıştı, sanki kendi üstüne çökmüş gibiydi, ama onun dışında aynı görünüyordu. Rahatsızsa bile bunu göstermiyordu. Ama zaten babamın "rahatsız" görünüşünü tanıyacağımdan da emin değilim.

Bana başıyla selam verdi. Her şey donmuş gibiydi. Sekiz yıl. Sekiz tam yıl. Dudaklarımın titrediğini hissettim. Kafamın içindeki bir sesin, *Sakın Chick. Sakın ağlama seni piç kurusu, sakın ağlama,* dediğini duyuyordum.

Ayaklarıma baktım. Hareket ettirmeye çalıştım. Vurucu bölmeme gidene kadar bakışlarımı ayaklarımdan ayırmadım.

Ve ilk vuruşu sol saha duvarının üstünden aşırdım.

Bayan Thelma

Annem bir sonraki randevusunun kasabanın bizim Flats dediğimiz kesiminde yaşayan biriyle olduğunu söyledi. Burada çoğunlukla birbirine bağlı evlerde yoksul insanlar yaşıyordu. Oraya arabayla gitmemiz gerektiğine emindim, ama bunu soramadan kapının zili çaldı.

"Kapıya bak, Charley, olur mu?" dedi annem bir tabağı evyeye koyarken.

Ben tereddüt ettim. Kapıya ya da telefona bakmak istemiyordum. Annem yeniden seslendi. "Charley? Kapıya bakabilir misin?" Ayağa kalkıp yavaşça kapıya doğru gittim.

Kendi kendime her şeyin yolunda olduğunu söyledim. Ama kapının koluna dokunur dokunmaz beni kör eden ani bir patlama, bir ışık dalgası hissettim. Bir erkek sesi duyuldu, Rose'un telefonundaki ses. Artık çığlık atıyordu.

"CHARLES BENETTO! DİNLEYİN! BEN POLİS MEMURUYUM!"

Fırtına esiyor gibiydi. Ses o kadar yakındı ki fiziksel olarak dokunabilirdim.

"BENİ DUYUYOR MUSUNUZ, CHARLES? BEN POLİS MEMURUYUM!"

Sendeleyerek geri çekildim, ellerimi yüzüme kapattım. Işık kayboldu. Rüzgâr dindi. Artık yalnızca zorlukla aldığım nefeslerimi duyabiliyordum. Çabucak anneme baktım, ama hâlâ evyenin başındaydı, yaşadığım her neyse benim zihnimde oluyordu.

Birkaç saniye bekledim, üç uzun nefes aldım, sonra tokmağı dikkatle çevirdim, bakışlarımı yere indirip bana bağıran polisi bekledim. Nedense onu genç bir adam olarak hayal etmiştim.

Ama bakışlarımı kaldırdığımda gözlüğü zincirle boynuna asılmış, dağınık saçlı, ağzında yanan bir sigara olan yaşlı, zenci bir kadın gördüm.

"Sen misin, Chickadoo?" dedi kadın. "Bakın, kimler ne kadar büyümüş?"

Ona Bayan Thelma derdik. Eskiden evimizi temizlerdi. Zayıf, dar omuzlu, kocaman gülümsemesi olan ve kolay öfkelenen biriydi. Saçları kırmızımsı turuncuya boyanmıştı ve sürekli sigara içiyordu. Lucky Strikes paketini bir erkek gibi cebinde taşırdı. Alabama'da doğup büyümüş, bir şekilde Pepperville Beach'e gelmişti. 1950'lerin sonlarında kasabanın bizim tarafımızdaki evlerin hemen hepsinde onun gibi biri çalışıyordu. İnsanlar onlara "yardımcı" diyordu ya da daha dürüstlerse "hizmetçi." Babam onu cumartesi sabahları Horn & Hardart adlı kafeteryanın yakınındaki otobüs durağından alıyor ve evden ayrılmadan önce maaşını ödüyordu. Sanki ikisinin de paraya bakmaması gerekiyormuş gibi katlanmış paraları aşağıya, kalçasına doğru tutuyordu. Biz dışarıda beysbol oynarken, Bayan Thelma bütün gün evi temizliyordu. Biz eve gelene kadar odam istesem de istemesem de tertemiz oluyordu.

Annem, ona "Bayan Thelma" dememizde ısrar ediyordu. Bunu ve onun süpürdüğü hiçbir odaya adım atmamamız gerektiğini hatırlıyorum. Bazen benimle bahçede top yakalamaca oynardı ve topu benim kadar sert atabilirdi.

Ayrıca benim takma adımı da o icat etmişti. Babam bana "Chuck" demeye çalışıyordu (annem bundan nefret ediyordu, "Chuck mı? İnek çobanına benziyor!"), ama ben sürekli bahçeden eve, "Anneeee!" veya "Robertaaaa!" diye bağırdığım için bir gün Bayan Thelma bakıp kızgın bir şekilde, "Evlat, öyle bağırıyorsun ki, horoza benziyorsun, Chuckadoodle-doo!" demiş, o zamanlar okula gitmeyen kardeşim, "Chickadoodle-doo! Chickadoodle-doo!" diye bağırmıştı. Neden bilmiyorum ama bir şekilde "Chick" kısmı geriye kaldı. Bunun babamın Bayan Thelma'dan fazla hoşlanmasını sağladığını sanmıyorum.

"Posey," dedi Bayan Thelma anneme, sırıtarak. "Seni düşünüyordum."

"Teşekkürler," dedi annem.

"Kesinlikle öyle."

Bana döndü.

"Bu günlerde top atamıyorum, Chickadoo." Bir kahkaha attı. "Çok yaşlıyım."

Arabadaydık, sanırım Flats'e bu şekilde gidecektik. Annemin Bayan Thelma'yı güzelleştirmeye çalışması bana garip geliyordu. Ama ben annemin hayatının son on yılını bilmiyordum ki. Kendi dramamla çok meşguldüm.

Arabayla giderken ilk kez camın dışında insanlar gördüm. Garajına tırmık taşıyan kır sakallı, sıkıntı içinde yaşlı bir adam vardı. Annem ona el salladı, o da karşılık verdi. Vanilyalı dondurma renginde saçları olan bir kadın üzerinde ev elbisesiyle verandasında oturuyordu. Annem yine el salladı. Yine bir karşılık geldi.

Sokaklar daralıp daha engebeli bir hal alana kadar bir süre arabayla yol aldık. Çakıl taşı kaplı bir yola döndük ve iki yanında kiler kapısının bulunduğu üstü kapalı bir verandası olan iki ailelik bir eve geldik. Evin feci şekilde boyanması gerekiyordu. Garaj yoluna park edilmiş birkaç araba vardı. Ön bahçede yan yatmış bir bisiklet duruyordu. Bayan Thelma arabayı park edip anahtarı çevirdi.

Ve bir anda kendimizi evin içinde bulduk. Yatak odası lambri kaplıydı, yerde zeytin yeşili halılar vardı. Dört direkli yatak eskiydi. Birden Bayan Thelma'nın yatakta olduğunu gördüm, iki yastığa dayanmış yatıyordu.

"Neler oldu?" diye sordum anneme.

"Şimdi olmaz" der gibi başını iki yana salladı ve çantasındakileri çıkarmaya başladı. Çocukların bir odadan diğerine bağrışarak koştuklarını duydum. Televizyonun boğuk sesi ve masaya konan tabakların sesi geliyordu.

"Herkes benim uyuduğumu sanıyor," diye fısıldadı Bayan Thelma.

Annemin gözlerine baktım.

"Posey, şimdi olmasını çok isterim. Yapabilir misin?"

"Elbette," diye yanıtladı annem.

Anneme Destek Vermediğim Zamanlar

Ona babamı gördüğümü söylemiyorum. Babam bir sonraki maçıma da geliyor ve ben yerimi alırken bana başıyla selam veriyor. Bu kez ben de selam veriyorum, hafifçe, ama veriyorum. Ve o maçta üçe üç yapıyorum, bir tam vuruş ve iki çift.

Birkaç haftadır böyle devam ediyor. Babam oturup beni seyrediyor. Ben topa yarım metre genişliğindeymiş gibi vuruyorum. Sonunda iki tam vuruş daha yaptığım bir maçtan sonra takım otobüsünün yanında beni bekliyor. Beyaz boğazlı kazağın üstüne mavi bir yağmurluk giymiş. Şakaklarındaki kırları fark ediyorum. Beni görünce çenesini kaldırıyor, sanki artık ondan uzun olmam gerçeğiyle savaşıyor. Söylediği ilk sözler şunlar:

"Koçuna seni kampusa benim götürüp götüremeyeceğimi sor."

O anda her şeyi yapabilirdim. Tükürebilirdim. Cehenneme gitmesini söyleyebilirdim. Ona aldırmazlık edebilirdim, tıpkı onun bana yaptığı gibi.

Annem hakkında bir şey söyleyebilirdim.

Ama onun yerine bana söylediği şeyi yaptım. Eve giderken otobüse binmemek için izin istedim. O koçumun otoritesine saygı duyuyor, ben babamın otoritesine saygı duyuyorum ve dünya ancak böyle anlam taşıyor, hepimiz erkek gibi davranıyoruz.

"Bilmiyorum, Posey," dedi Bayan Thelma. "Bunun için bir mucize gerekir."

Elindeki aynaya bakıyordu. Annem küçük kavanozlar ve mücevherli kutular çıkardı.

"Eh, bu da mucize çantası zaten," dedi.

"Öyle mi? Kanser için de tedavin var mı orda?"

Annem bir şişeyi kaldırdı. "Nemlendiricim var."

Bayan Thelma güldü.

"Bunun aptalca olduğunu mu düşünüyorsun, Posey?"

"Neyin, tatlım?"

"İyi görünmek istememin... şu durumdayken?"

"Söylemek istediğin buysa bunda yanlış bir şey yok."

"Biliyorsun, kızlarım ve oğullarım var, hepsi bu. Ve onların çocukları. Ben onlar için iyi görünmek istiyorum, anlıyor musun? Onları üzmeyi, beni eski bir paçavra gibi görmelerini istemiyorum."

Annem nemlendiriciyi Bayan Thelma'nın yüzüne sürdü, avuçlarıyla geniş daireler çizdi.

"Sen asla bir paçavraya benzemezsin," dedi.

"Oh, konuş benimle, Posey."

Tekrar güldüler.

"O cumartesileri özlüyorum bazen," dedi Bayan Thelma. "Ne kadar eğlenirdik, değil mi?"

"Eğlenirdik," dedi annem.

"Eğlenirdik," diye doğruladı Bayan Thelma.

Annemin elleri işini yaparken Bayan Thelma gözlerini kapadı. "Chickadoo, annen benim sahip olduğum en iyi ortak."

Ne demek istediğinden emin değildim.

"Güzellik salonunda mı çalıştın?" diye sordum.

Annem sırıttı.

"Bak şimdi," dedi Bayan Thelma. "Ben bunun için uğraşsam bile kimseyi daha iyi gösteremezdim."

Annem nemlendirici şişesinin kapağını kapatıp yeni bir kavanoz aldı. Kapağını açıp içine küçük bir sünger bastırdı.

"Ne?" dedim. "Anlamıyorum."

Süngeri, fırçasını tuvale sürmek üzere olan bir ressam gibi kaldırdı.

"Birlikte evleri temizliyorduk, Charley," dedi annem.

Yüzümdeki bakışı görünce eliyle boş ver hareketi yaptı.

"Sizleri üniversitede nasıl okuttuğumu sanıyorsun?"

Üniversitede ikinci yılıma kadar beş kiloluk kas yapmıştım ve vuruşlarım da bunu gösteriyordu. Üniversite öğrencileri arasındaki vuruş ortalamam ülke genelinde ilk ellinin içindeydi. Babamın ısrarı üzerine, tribünlerde önlerinde not defterleri ve purolarıyla oturan yaşlıca profesyonel spor avcıları için vitrin olan birkaç turnuvada oynadım. Bir tanesi maçtan sonra bize yaklaştı.

"Bu sizin oğlunuz mu?" diye sordu babama.

Babam şüpheyle başını salladı. Adamın seyrek saçları, ampule benzer burnu vardı ve ince tişörtünden atleti görünüyordu.

"Ben St. Louis Cardinals organizasyonundan geliyorum."

"Bu doğru mu?" dedi babam.

Havalara sıçramak istiyordum.

"Yakalayıcı açığımız olabilir."

"Doğru mu?" dedi babam yine.

"Eğer ilgisini çekerse ona göz kulak oluruz."

Adam burnunu çekerken ıslak, gürültülü bir ses çıkardı. Mendilini çıkarıp burnunu sildi.

"Sorun şu ki Pittsburgh onun peşinde," dedi babam. "Bir süredir onu izliyorlar."

Adam babamın sakız çiğneyen çenesine baktı.

"Bu doğru mu?" dedi.

Kuşkusuz bu benim için yeni bir haberdi ve adam gidince babamı sorularımla rahat bırakmadım. Bu ne zaman olmuştu? O adam gerçek miydi? Pittsburgh gerçekten beni mi izliyordu?

"Ne olmuş öyleyse?" diye sordu. "Bu senin yapman gerekeni değiştirmez, Chick. Yerinde kal, koçlarınla çalış ve zamanı gelince hazır ol. Gerisiyle bırak ben ilgileneyim."

İtaatkâr bir şekilde başımı salladım. Zihnim hızla çalışıyordu.

"Ya okul?"

Çenesini kaşıdı. "Ne olmuş okula?"

Beni kütüphanede gezdiren annemin yüzü aklıma geldi. Bunu düşünmemeye çalıştım.

"St. Louis *Caaardinals,*" dedi babam uzun ve ağır bir şekilde. Ayakkabısını yere sürttü. Sonra sırıttı. O kadar gururlandım ki tüylerim diken diken oldu. Bira isteyip istemediğimi sordu ve evet dedim. Gidip birer bira içtik, erkeklerin yaptığı gibi.

"Babam maçıma geldi."

Yatakhanedeki telefondaydım. Babamın ilk ziyaretinden çok sonraydı, ama bunu anneme söyleyecek cesareti bulmam çok uzun zaman almıştı.

"Ah," dedi annem sonunda.

"Yalnız başına," dedim hemen. Nedense bu önemliymiş gibi gelmişti.

"Kardeşine söyledin mi?"

"Hayır."

Uzun bir sessizlik oldu yine.

"Derslerini bir şeyin etkilemesine izin verme, Charley."

"Vermem."

"En önemli şey derslerin."

"Biliyorum."

"Eğitim her şeydir, Charley. Eğitimle bir şey olursun,"

Daha fazlasını bekliyordum. Korkunç bir şeyle ilgili korkunç hikâye için bekliyordum. Bütün boşanan ailelerin çocuklarının beklediği gibi dengemi altüst edecek, birini diğerine tercih etmeme neden olacak bir kanıt bekliyordum. Ama annem babamın gitmesinin nedenini hiç söylememişti. Nefret ve burukluk peşinde olan Roberta'yla benim attığımız yemleri bir kez olsun yutmamıştı. Sözcükleri yutmuştu, konuşmaları yutmuştu. Aralarında her ne olduysa onu da yutmuştu.

"Benle babamın birbirini görmesinde bir sorun var mı?"

"Babamla benim birbirimizi görmemizde, diyeceksin," diye düzeltti.

"Babamla benim," dedim sabırsızlıkla. "Var mı?"

Nefesini bıraktı.

"Artık küçük bir çocuk değilsin, Charley."

Peki neden kendimi öyle hissediyordum?

Geri dönüp bakınca bilmediğim o kadar çok şey vardı ki. Bu haberi nasıl karşıladığını bilmiyordum. Bu onu öfkelendirdi mi, yoksa kızdırdı mı bilmiyordum. Babamla bira içerken evin faturalarını, bir zamanlar bizim evimizi temizleyen kadınla birlikte başkalarının evlerini temizleyerek ödediğini kesinlikle bilmiyordum.

Yatak odasındaki iki kadını seyrediyordum. Bayan Thelma yastıklarına yaslanmış oturuyor, annem makyaj süngeri ve gözaltı kalemleriyle çalışıyordu.

"Neden bana söylemedin?"

"Neyi söylemedim?"

"Bunu yapmak zorunda kaldığını, yani para için?..."

"Yerleri paspasladığımı mı? Çamaşır yıkadığımı mı?" Annem güldü. "Bilmem. Belki de şu anda bana nasıl baktığın yüzündendir."

İçini çekti. "Sen her zaman gururluydun, Charley."

"Değildim!" diye parladım.

Annem kaşlarını kaldırıp baktı, sonra Bayan Thelma'ya döndü. Alçak sesle, "Sen öyle *diyorsan,"* dedi.

"Bunu yapma!" dedim.

"Neyi?"

"Sen öyle *diyorsan.* İşte bunu."

"Ben bir şey söylemedim, Charley."

"Evet, söyledin!"

"Bağırma."

"Ben gururlu değildim! Sırf ben..."

Sesim titriyordu. Ne yapıyordum ben? Annemle yarım gün geçirmiştim ve yine tartışmaya mı başlamıştık?

"Çalışmak zorunda olmanın utanılacak bir yanı yok, Chickadoo," dedi Bayan Thelma. "Ama benim bildiğim iş yaptığım işti. Ve annen dedi ki, 'Bu fikre ne dersin?' Ben dedim ki, 'Posey, birinin temizlikçi kadını olmak mı istiyorsun?' Ve o dedi ki, 'Thelma, eğer bir evi temizlemek senin gururunu kırmıyorsa benimkisini neden kırsın?' Hatırlıyor musun, Posey?"

Annem içini çekti.

"Ben 'benimkisini' demedim."

Bayan Thelma bir kahkaha patlattı. "Bu doğru, demedin. Bundan eminim. 'Benimkisini' demedin."

İkisi de gülüyordu şimdi. Annem, Bayan Thelma'nın gözlerini boyamaya çalışıyordu.

"Kıpırdama," dedi, ama gülmeye devam ettiler.

"Bence annem yeniden evlenmeli," dedi Roberta.

Üniversiteden eve geldiğim bir gündü bu.

"Neden bahsediyorsun sen?"

"O hâlâ güzel. Ama kimse sonsuza kadar güzel kalmaz. Eskisi gibi zayıf değil."

"O evlenmek istemiyor."

"Nerden biliyorsun?"

"Evlenmesi gerekmiyor, Roberta, tamam mı?"

"Yakında biriyle evlenmezse onu kimse istemeyecek."

"Kes şunu."

"Artık korse takıyor, Charley. Onu gördüm."

"Umurumda değil, Roberta! Tanrı aşkına!"

"Üniversiteye gidiyorsun diye kendini bir şey sanıyorsun."

"Kes artık."

"Hiç şu şarkıyı duydun mu 'Yummy, yummy, yummy?' Bence çok aptalca. Ama neden durmadan çalıyorlar?"

"Seninle evlenmek hakkında konuşuyor mu?"

"Belki."

"Roberta. Ben şaka yapmıyorum. Ne diyor?"

"Hiçbir şey, tamam mı? Ama babamın ne cehennemde olduğunu kim bilir? Ve annem sürekli yalnız kalmak zorunda değil."

"Küfretmeyi kes."

"İstediğimi söyleyebilirim, Charley. Sen benim patronum değilsin."

Roberta on beş yaşındaydı. Ben yirmi. Babam hakkında hiçbir fikri yoktu. Ben babamı görmüş ve onunla konuşmuştum. Roberta annemin mutlu olmasını istiyordu. Ben aynı kalmasını. Annemin mısır gevreklerini avucunda ezdiği o cumartesi sabahından beri dokuz yıl geçmişti. Dokuz yıl önce tam bir aileydik.

Üniversitede Latince dersi almıştım ve bir gün karşımıza "boşanma" sözcüğü çıkmıştı. Bu sözcüğün her zaman "bölünme" anlamına gelen bir kökten geldiğini düşünmüştüm. Gerçekteyse "dikkati dağıtma" anlamına gelen "divertere" kökünden geliyordu.

Buna inanıyordum. Boşanmanın yaptığı tek şey, dikkatinizi dağıtmak, sizi bildiğinizi sandığınız her şeyden uzaklaştırmak, başka şeylerin, annenizin korsesi ve başka biriyle evlenip evlenmemesi gibi konuların içine sokmaktı.

Chick Seçimini Yapıyor

Üniversitedeki iki günü sizinle burada paylaşacağım, çünkü bunlar üniversite deneyiminin yüksek ve düşük noktalarını ifade ediyor. Yüksek nokta ikinci yılımda, güz sömestri sırasında gerçekleşti. Beysbol henüz başlamamıştı, bu yüzden kampusta takılacak zamanım oluyordu. Dönem sınavlarından sonra bir perşembe gecesi erkek öğrenci derneği büyük bir parti veriyordu. Parti kalabalık ve karanlıktı. Müzik çok gürültülüydü. Siyah ışıklar duvarda posterler yapıyordu ve partideki herkes fosforlu gibi görünüyordu. Yüksek sesle gülüyor, plastik bira bardaklarını şerefe kaldırıyorduk.

Bir ara uzun saçlı bir genç bir sandalyenin üstüne çıkıp ağzıyla şarkıyı -Jefferson Airplane söylüyordu- söylüyormuş ve gitar çalıyormuş gibi yapmaya başladı. Kısa süre içinde bu bir yarışmaya döndü. "Performans" şarkısı bulmak için albümleri karıştırmaya başladık.

Bu albümlerin kimin olduğunu bilmiyordum, ama beklenmedik bir albüm bulup arkadaşlarıma seslendim. "Hey! Durun! Şuna bakın!" Bu annemin biz çocukken çaldığı Bobby Darin albümüydü. Kapakta beyaz smokinli bir resmi vardı, saçları utanç verecek derecede kısa ve düzgündü.

"Bunu biliyorum!" dedim. "Hem de bütün sözlerini!"

"Hadi ordan," dedi bir arkadaşım.

"Koyun bunu!" dedi bir başkası. "Şuna bakın!"

Pikabı ele geçirdik, iğneyi, "Bu Büyük Bir Şeyin Başlangıcı Olabilir" şarkısının üstüne getirdik. Müzik başladığında herkes dondu kaldı, çünkü bu kesinlikle rock and roll değildi. Birden iki arkadaşımla ben ortada kaldık. İkisi mahcup bir şekilde birbirine bakıyor ve kalçalarını kıvırırken beni işaret ediyordu. Ben gevşediğimi hissettim, ama kimin umurunda, diye düşündüm. Hoparlörden trompet ve klarnet sesleri yükselirken ezbere bildiğim sözleri söylermiş gibi yapmaya başladım.

"Sokakta yürüyorsun ya da bir partidesin,
Ya da tek başınasın ve birden anlıyorsun,
Birinin gözlerine bakıyorsun, birden fark ediyorsun,
Bu büyük bir şeyin başlangıcı olabilir."

Parmaklarımı *Steve Allen Şov*'daki şarkıcılar gibi şaklatıyordum. Birden herkes kahkahalar atıp bağırmaya başladı. "Evet! Devam et, kedi!" Gittikçe daha da gülünç hale geliyordum. Sanırım kimse böyle bir şarkının tüm sözlerini bildiğime inanamıyordu.

Neyse, şarkı bitince büyük bir alkış aldım ve arkadaşlarım karnımı gıdıklamaya başladı. Birbirimizi itip kahkahalar atarak herkese isim takmaya başladık.

Catherine'le o gece tanıştım. O günü en yüksek nokta yapan şey buydu. Birkaç kız arkadaşıyla birlikte "performansımı" seyretmişti. Onu görmüş ve ürpermiştim; kollarımı iki yana açıp dudaklarımı oynatırken bile. Kolsuz pembe bir bluz, kalçalarını saran bir kot pantolon giymiş, çilek rengi ruj sürmüştü ve ben Bobby Darin'i söylerken oyunbaz bir şekilde parmaklarını şaklatıyordu. Bugün bile kendimi öyle aptal yerine koymasaydım bana ikinci bir kez bakar mıydı acaba, diye düşünürüm.

"Bu *şarkıyı* nerden öğrendin?" diye sordu, kendime bira alırken yanıma gelerek.

"Ah... annemden," diye yanıtladım.

Kendimi bir aptal gibi hissediyordum. Kim bir sohbete, "annem" diye başlardı ki? Ama o bu fikirden hoşlanmış gibiydi, sohbete böyle başladık.

Ertesi gün notlarımı aldım; iki A, iki B. Annemi güzellik salonundan aradım, telefona geldi. Ona sonuçları söyledim, Catherine'i ve Bobby Darin şarkısını anlattım. Onu gün ortasında aradığım için çok mutluydu. Fön makinelerinin homurtusu arasından, "Charley, seninle *gurur* duyuyorum!" diye bağırdı.

Yüksek nokta buydu.

Bir yıl sonra üniversiteyi bıraktım.

Bu da düşük noktaydı.

Babamın önerisi üzerine ikinci ligde oynamak için okulu bıraktım ve bu annem için bitmek bilmez bir düş kırıklığı oldu. Bana Pittsburgh Pirates(*) organizasyonunda kışın oynamak ve umulan o ki ikinci lig listelerine girmek için bir yer teklif edildi. Babam bunun doğru zaman olduğunu düşünüyordu. "Üniversite çocuklarına karşı oynayarak daha iyi hale gelemezsin," diyordu.

Bu fikirden anneme ilk söz ettiğimde çığlık atmaya başladı. "Kesinlikle olmaz!" Beysboldan para kazanmam önemli değildi. Spor avcılarının bende belki de birinci ligde oynayacak bir potansi-

---

(*) Korsanlar.

yel olduğunu düşünmeleri umurunda değildi. "Kesinlikle olmaz!" diyordu başka bir şey demiyordu.

Ve ben ona kesinlikle aldırmadım.

Kayıt bürosuna gidip okuldan ayrılacağımı söyledim. Sırt çantamı hazırlayıp ayrıldım. Benim yaşımdaki çocukların çoğu Vietnam'a gönderiliyordu. Ama talihin ya da kaderin bir cilvesi sonucu tertip kurasında küçük sayı çektim. Kıdemli bir asker olan babam bundan rahatlamış görünüyordu. "Savaş sırasında bu sıkıntıya gerek yok," dedi.

Böylece onun düzenine ayak uydurup emirlerini yerine getirdim: San Juan, Porto Riko'da ikinci lig kulübüne girdim ve öğrencilik günlerim bitti. Bu konuda ne söyleyebilirim ki? Beni baştan çıkaran şey beysbol mu, yoksa babamın onayını almak mıydı? Sanırım ikisi de. Bunun doğal olduğunu düşünüyordum, sanki yine çocukken -her şey altüst olmadan, annesinin oğlu olarak hayatım başlamadan önce- takip ettiğim ekmek kırıntılarının peşindeydim.

Annemi San Juan'daki motelden aradığımı hatırlıyorum. Üniversiteden doğruca oraya uçmuştum. İlk kez uçağa binmiştim. Eve uğramak istememiştim, çünkü annemin olay çıkaracağını biliyordum.

"Oğlunuzdan ödemeli bir telefon var," dedi operatör İspanyol aksanıyla.

Annem nerede olduğumu, işin bittiğini anladığında serseme dönmüş gibiydi. Sesi ifadesizdi. Yanımda ne tür giysilerim olduğunu sordu. Ne yiyordum? Sanki soruları bir listeden okuyordu.

"Kaldığın yer güvenli mi?" diye sordu.

"Güvenli mi? Sanırım."

"Orda başka kimi tanıyorsun?"

"Kimseyi. Ama takımdaki çocuklar var. Oda arkadaşım var. Indiana ya da Iowa'lı."

"Hı-hı."

Ardından sessizlik oldu.

"Anne, okula her zaman geri dönebilirim."

Bu kez sessizlik daha uzun sürdü. Telefonu kapamadan önce yalnızca tek bir şey daha söyledi:

"Bir şeye geri dönmek sandığından daha zordur."

Sanırım bunun için uğraşsam bile annemin kalbini daha fazla kıramazdım.

Yapmak Zorunda Olduğunuz İşler

Bayan Thelma gözlerini kapatıp başını arkaya yasladı. Annem makyaj işlemine devam ediyordu. Süngeri eski ortağının yüzüne sürerken, ben karışık duygularla onu seyrediyordum. Her zaman adınızdan sonra neyin geldiğinin çok önemli olduğunu düşünmüşümdür. Chick Benetto, *profesyonel beysbol oyuncusu,* Chick Benetto, *satıcı* değil. Şimdi, Posey Benetto, *hemşire* ve Posey Benetto, *güzellik uzmanından* sonra bir de Posey Benetto, *temizlikçi* olduğunu öğreniyordum. Bu kadar aşağı düşmesi beni kızdırıyordu.

"Anne..." dedim duraksayarak. "Neden babamdan para kabul etmedin?"

Annemin çenesi kasıldı.

"Babandan daha fazla bir şey almaya ihtiyacım yoktu."

"Hı-hı," diye ekledi Bayan Thelma.

"İyi geçindik, Charley."

"Neden hastaneye geri dönmedin?"

"Beni istemediler."

"Neden mücadele etmedin?"

"Bu seni mutlu eder miydi?" İçini çekti. "O zamanlar, insanların her şey için dava açtığı bugünler gibi değildi. Etraftaki tek hastane oydu. Kasabadan ayrılamazdık. Burası bizim evimizdi. Sen ve kardeşin yeterince değişikliğe katlanmak zorunda kalmıştınız. Önemli değildi. İş bulmuştum."

"Evleri temizlemek," diye homurdandım.

Ellerini aşağıya indirdi.

"Bundan *senin* kadar utanmıyorum."

"Ama..." Ne diyeceğimi bulmaya çalıştım. "Senin için önemli olan işi yapamadın."

Meydan okuyarak baktı bana.

"Benim için önemli olan şeyi yaptım," dedi. "Ben bir anneydim."

Bundan sonra sessiz kaldık. Sonunda Bayan Thelma gözlerini açtı.

"Ya sen, Chickadoo?" dedi. "Hâlâ o büyük beysbol sahnesinde değilsin, değil mi?"

Başımı iki yana salladım.

"Yok, sanırım değilsin," dedi. "Beysbol genç adam işi. Ama sen benim için hep o küçük çocuksun, elinde o eldiven, son derece ciddi ve uzun boylu."

"Charley'in de bir ailesi var artık."

"Bu doğru mu?"

"Ve iyi bir işi."

"İşte bak." Bayan Thelma başını arkaya yasladı. "O halde felaket iyi durumdasın, Chickadoo. Felaket iyi."

Yanılıyorlardı. İyi bir durumda değildim.

"İşimden nefret ediyorum," dedim.

"Şey..." dedi Bayan Thelma. "Bazen bu olur. Ama küvet temizlemekten kötü olamaz, değil mi?" Sırıttı. "Aileni bir arada tutmak için gerekeni yapmak zorundasın. Doğru değil mi, Posey?"

Rutin işlerini bitirmelerini bekledim. Bayan Thelma'nın çocuklarının karnını doyurmak için kaç yıl boyunca elektrik süpürgesi kullandığını veya küvet ovduğunu düşündüm; annem bizi doyurmak için kaç kez saç şampuanlamış ya da boyamıştı? Ya ben? On yıl boyunca beysbol oynayabilmiştim ve yirmi yıl oynamak istemiştim. Birden utandığımı hissettim.

"İşinin nesi var?" diye sordu Bayan Thelma.

Satış ofislerini, çelik masaları, loş, floresan ışıklarını anlattım.

"Sıradan olmak istemedim," diye mırıldandım.

Annem başını kaldırdı. "Sıradan olan ne, Charley?"

"Biliyorsun. Unuttuğun biri."

Öteki odadan çocuk çığlıkları geliyordu. Bayan Thelma çenesini sesin geldiği yöne doğru çevirdi. Gülümsedi. *"Beni* unutulmaktan alıkoyan şey bu."

Gözlerini kapatıp annemin far sürmesine izin verdi. Bir soluk alıp yatağa doğru alçaldı.

"Ama ben ailemi bir arada tutamadım," deyiverdim.

Annem susmam için parmağını dudağına götürdü.

Düğün gününde Charley'me...

Bu notların aptalca olduğunu düşündüğünü biliyorum. Bunları sana verdiğim yıllar boyunca yüzünü buruşturduğunu gördüm. Ama şunu anlamalısın ki bazen sana bir şey söylemek istiyorum ve bunu doğru olarak yapmak istiyorum. Kâğıda yazmak bunu yapmama yardımcı oluyor. Keşke daha iyi bir yazar olsaydım. Keşke üniversiteye gitseydim. Eğer gitmiş olsaydım sanırım İngilizce okurdum ve belki sözcük dağarcığım gelişirdi. Pek çok kez aynı sözcüğü tekrar tekrar kullandığımı hissediyorum, tıpkı aynı elbiseyi her gün giyen bir kadın gibi. Çok sıkıcı!

Sana söylemek istediğim şey şu ki, Charley, harika bir kızla evleniyorsun. Catherine'i pek çok açıdan Roberta'yı düşündüğüm gibi düşünüyorum. Kızım gibi. Çok tatlı ve sabırlı. Sen de ona karşı öyle olmalısın, Charley.

Evlilik hakkında öğreneceklerin şunlar: evlilik üstünde birlikte çalışmalısınız. Ve üç şeyi sevmek zorundasınız.

1) Birbirinizi.

2) Çocuklarınızı (Olduğu zaman! İma! İma!)

3) Evliliğinizi.

Sonuncusuyla kast ettiğim şey, kavga ettiğiniz zamanlar olacaktır ve bazen senle Catherine birbirinizden hoşlanmayacaksınız bile. Ama o zamanlar evliliğinizi sevmeniz gereken zamanlardır. Üçüncü bir şahıs gibi. Evlilik fotoğraflarınıza bak. Birlikte yaşadığınız anılarınıza. Eğer o anılara inanırsan sizi yeniden bir araya getirir.

Bugün seninle gurur duyuyorum, Charley. Bu mektubu smokininin cebine koyuyorum, çünkü her şeyi nasıl kaybettiğini biliyorum.

Seni her gün seviyorum!

Annen

(Chick Benetto'nun belgeleri, 1974 civarı)

Zirveye Ulaşmak

Profesyonel olarak başıma gelen en iyi ve en kötü şeyi size anlatmadım. Beysbol gökkuşağının sonuna kadar gittim: Dünya Serisi. Yalnızca yirmi üç yaşındaydım. Eylül ayının başında Pirates'in top yakalayıcısı ayak bileğini kırdığı için yerine biri gerekiyordu, böylece beni çağırdılar. Halı kaplı soyunma odasına girdiğim günü hâlâ hatırlıyorum. Odanın büyüklüğüne inanamamıştım. Ankesörlü telefondan Catherine'i aradım -altı aylık evliydik- ve durmadan *"İnanılmaz"* deyip durmuştum.

Birkaç hafta sonra Pirates flamayı kazandı. Benim bunda herhangi bir sorumluluğum olduğunu söylemek yalan olur; ben geldiğimde birinci sıradaydılar. Deplasman maçlarının birinde dört vuruş top yakaladım ve ikinci vuruşumda topu sahanın iyice sağına fırlattım. Top yakalandı ve ben dışarıda kaldım, ama bu daha başlangıç. Bu şeye vurabilirim, diye düşündüğümü hatırlıyorum.

Ama başlangıç değildi. En azından benim için. Dünya Serisi'ne ulaştık, ama beş maçta Baltimore Orioles tarafından yenildik. Topa vurma şansım bile olmadı. Son maç 5-0'lık bir yenilgiydi. Son çıkıştan sonra yedek kulübesinde durup Baltimore oyuncularının sahaya koşup kutlama yapmalarını seyrettim. Kendilerini atıcının yanındaki büyük yığına fırlatıyorlardı. Diğerlerine göre aşırı coşkulu görünüyorlardı, ama bana göre rahatlamışlardı, sonunda baskının kalkması gibi.

O görüntüyü bir daha görmedim, ama hâlâ bazen hayalini kuruyorum. Kendimi o yığında görüyorum.

Pirates şampiyonluğu kazanmış olsaydı Pittsburgh'da bir geçit töreni yapılacaktı. Ama yenildiğimiz için Baltimore'daki bir bara gidip orayı kapattık. O günlerde yenilginin içkiyle yıkanması gerekiyordu ve biz de bizimkini güzelce yıkadık. Takımdaki en yeni adam olarak genellikle yaşlı oyuncuların homurtularını dinledim. İçmem gerekeni içtim. Küfrettiklerinde küfrettim. Oradan yalpalayarak çıktığımızda şafak sökmüştü.

Birkaç saat sonra eve uçtuk -o günlerde herkes ticari uçuyordu- ve çoğumuz akşamdan kalma olduğumuz için uyuduk. Havaalanında bizi bekleyen altı taksi vardı. El sıkıştık. "Gelecek sene görüşürüz," dedik. Taksilerin kapıları birbiri ardına kapandı, *tak, tak, tak.*

Ertesi mart ayında bahar eğitiminde dizimi patlattım. Üçüncü köşeden kayarken ayağım sıkıştı ve saha oyuncusu bana takıldı. Daha önce hiç hissetmediğim bir şaklama hissettim. Doktor ön, arka ve orta kollateral liflerimi yırttığımı söyledi; üçlü diz incinmesi.

Zaman içinde iyileştim. Beysbol oynamaya devam ettim. Ama sonraki altı yıl boyunca ne kadar uğraşırsam uğraşayım, ne kadar iyi yaptığımı düşünürsem düşüneyim birinci ligin yanına bile yaklaşamadım. Sanki üstümdeki sihir kalkmıştı. Birinci ligde oynadığımı gösteren tek kanıt 1973'ten sonraki gazete kupürlerini sakladığım kutular ve beysbol kartlarıydı. Üzerindeki çiklet kokusunun hiç çıkmadığı kartlardaki fotoğrafımda elimde sopamla çok ciddi görünüyordum, adım büyük harflerle yazılıydı. Şirket bana o kartlardan iki kutu göndermişti. Bir kutuyu babama gönderdim, diğerini kendime sakladım.

Beysbolda kısa süre kalana "bir fincan kahve" diyorlardı ve ben de buydum, ama kasabanın en iyi kesimindeki en iyi masada sunulan bir fincan kahveydim.

Ki bu da hem iyi hem de kötüydü.

Görüyorsunuz, Pirates'le geçirdiğim o altı haftada kendimi daha önce ya da sonrasında hiç hissetmediğim kadar canlı hissetmiştim. Spot ışıkları kendimi ölümsüz hissetmemi sağlamıştı. Halı kaplı devasa soyunma odasını özlüyordum. Takım arkadaşlarımla havaalanlarındaki yürüyüşlerimi özlüyordum. Büyük stadyumlardaki kalabalıkları, flaş ışıklarını, kükreyen kalabalığı -bütün bunların görkemini- özlüyordum. Hem de buruk bir şekilde. Babam da öyle. Geri dönüş için duyduğum susuzluğu paylaşıyorduk; söze dökülmemiş, inkâr edilemez susuzluğu.

Ve bu nedenle beysbola gerektiğinden çok uzun bir süre bağlı kaldım. Bir şehirdeki ikinci ligden başka bir şehirdeki ikinci lige gidiyor, çoğu sporcu gibi yaşlanma sürecine karşı gelenin ilk ben olacağıma inanıyordum. Catherine'i de kendimle birlikte ülkenin her yerine sürüklüyordum. Portland, Jacksonville, Albuquerque, Fayetteville ve Omaha'da dairelerimiz vardı. Hamileliği sırasında üç farklı doktoru olmuştu.

Sonunda Maria, Pawtucket, Rhode Island'da, yağmur dağıtmadan önce belki seksen kişinin izlediği bir maçtan iki saat sonra dünyaya geldi. Maçtan sonra taksi beklediğim için hastaneye vardığımda Maria kadar ıslaktım.

Beysbolu o günden kısa bir süre sonra bıraktım.

Daha sonra denediğim hiçbir şey beysbola yaklaşmadı bile. Kendi işimi yapmayı denedim, para kaybettim. Koç olarak iş aradım, bulamadım. Sonunda bir adam bana satışta bir iş teklif etti. Şirketi yiyecek ve ilaçlar için plastik şişe yapıyordu. İşi kabul ettim, ama çok sıkıcıydı. Saatler uzun ve yorucuydu. Daha da kötüsü işe alınmamın tek nedeni beysbol hikâyeleri anlatacağımı ve spordan hoşlanan kasıntı adamlarla anlaşma yapabileceğimi düşünmeleriydi.

Çok komik. Bir keresinde dağlara tırmanan bir adamla tanışmıştım. Ona hangisinin daha zor olduğunu sordum, çıkmak mı, yoksa inmek mi? Hiç duraksamadan inmek, dedi, çünkü tırmanırken zirveye ulaşmaya çok odaklandığınız için hata yapmaktan kaçınırsınız.

"Bir dağın arka tarafı insan doğasına karşı savaşır," demişti. "Aşağı inerken de yukarı çıkarken olduğu gibi kendine dikkat etmelisin."

Beysboldan sonraki hayatım hakkında uzun uzun konuşabilirim. Ama bu cümle hemen hepsini anlatıyor.

Spor kariyerimle birlikte babamın da ortadan kaybolması hiç şaşırtıcı değil. Oh, bebeği görmeye birkaç kez geldi. Ama torunu onu umduğum gibi büyülemedi. Zaman geçtikçe konuşacak şeylerimiz azaldı. İçki dükkânını satıp bir bayilikten yarım hisse aldı. Bu para onun fazla ilgilenmeden faturalarını ödemesine yetip de artıyordu bile. Ne garip. Benim işe ihtiyacım olmasına rağmen bir kez olsun bir teklifte bulunmadı. Sanırım beni farklı olarak şekillendirmek için o kadar çok zaman harcamıştı ki aynı olmama izin vermiyordu.

Önemli değildi. Beysbol bizim ortak ülkemizdi ve o olmadan kürekleri olmayan iki sandal gibi sürükleniyorduk. Pittsburgh'un varoşlarında bir ev aldı, golf kulübüne üye oldu, hafif şekeri başlayınca diyetine dikkat edip kendi kendine iğne yapması gerekti.

Ve böylece babam o gri üniversite gökyüzünün altında ortaya çıktığı gibi çaba harcamaksızın sisli yokluğa kayıp gitti, ara sıra aradı, tek tük Noel kartı geldi.

Onunla annem arasında ne olduğunu anlatıp anlatmadığını sorabilirsiniz. Anlatmadı. Yalnızca, "İkimizin arasında işler iyi gitmedi," dedi. Eğer zorlasaydım, "Anlamazsın," derdi. Annem hakkında söylediği en kötü şey, "Çetin bir kadın," oldu.

Sanki ikisini ayıran şey konusunda konuşmamak için bir anlaşma yapmışlardı. Ama bunu ikisine de sordum ve yanıt verirken yalnızca babam başını eğdi.

İkinci Ziyaret Sona Eriyor

"Posey," diye fısıldadı Bayan Thelma. "Bir süre için torunlarımı ziyaret edeceğim."

Annemin evinin zilini çaldığından beri çok daha iyi görünüyordu. Yüzü pürüzsüzdü, göz ve dudak makyajı güzelce yapılmıştı. Annem onun turuncu saçlarını boyamıştı. Bayan Thelma'nın çekici bir kadın olduğunu ve gençliğinde çok can yaktığını ilk kez fark ediyordum.

Annem, Bayan Thelma'nın yanağına bir öpücük kondurdu, sonra çantasını kapatıp onu takip etmemi işaret etti. Koridora çıktık. Örgülü saçlı küçük bir kız ayaklarını yere vurarak bize doğru geliyordu.

"Büyükanne," dedi. "Uyanık mısın?"

Geri çekildim, ama kız bize doğru başını hiç kaldırmadan yanımızdan geçip gitti. Arkasındaki küçük oğlan çocuğu -belki kardeşiydi- kapının eşiğinde dikilip parmağını ağzına soktu. Uzanıp yüzünün önünde elimi salladım. Hiçbir şey olmadı. Onların bizi görmediği açıktı.

"Anne," dedim kekeleyerek. "Neler oluyor?"

Annem, torunu yatağa çıkmış olan Bayan Thelma'ya bakıyordu. İkisi bir oyun oynuyorlardı. Annemin gözlerinde yaş vardı.

"Bayan Thelma da mı ölüyor?"

"Yakında," dedi annem.

Önüne geçtim.

"Anne. Lütfen?"

"Beni o çağırdı, Charley."

İkimiz de yatağa baktık.

"Bayan Thelma mı? Seni o mu çağırdı?"

"Hayır, tatlım. Aklına geldim, hepsi bu. Ben bir düşünceydim. Hâlâ yanında olmamı ve güzelleşmesine, bu kadar hasta görünmemesine yardımcı olmamı diledi, işte ben de burdayım."

"Bir *düşünce* mi?" Önüme baktım. "Anlamıyorum."

Annem biraz yaklaştı. Sesi yumuşaktı. "Hiç ölen birinin hayalini kurdun mu, Charley? Rüyanda sohbet ettiğin birinin? O zaman girdiğin dünya benim şu anda bulunduğum dünyadan çok uzak değil."

Elini benimkine koydu. "Birisi kalbindeyken hiçbir zaman tam olarak gitmez. Beklenmedik zamanlarda bile sana geri gelebilirler."

Küçük kız yatakta Bayan Thelma'nın saçlarıyla oynuyordu. Bayan Thelma gülerek bize baktı.

"Yaşlı Bayan Golinski'yi hatırlıyor musun?" diye sordu annem.

Hatırlıyordum. Hastanedeki ölümcül hasta. Ölüyordu, ama anneme her gün kendisini "ziyaret eden" insanları anlatıyordu. Geçmişinden gelen, konuşup gülüştüğü insanlar. Annem bu hikâyeyi yemek masasında anlatmıştı bize. Bayan Golinski'nin odasına arada bir göz atıyor, yaşlı kadının gözleri kapalı bir şekilde görünmeyen kişilerle sohbet ederken gülümseyip mırıldandığını görüyordu. Babam ona "kaçık" diyordu. Bayan Golinski bir hafta sonra ölmüştü.

"O kaçık değildi," dedi annem.

"O zaman Bayan Thelma..."

"Yakın." Annemin gözleri kısıldı. "Ölüm hakkında konuşmak ölüme yaklaştıkça kolaylaşır."

Omuzlarımdan ayaklarıma kadar soğuk bir esinti hissettim.

"Bu şey anlamına mı geliyor, benim..."

Yani, "öldüğüm" demek istiyordum.

"Sen benim oğlumsun," diye fısıldadı. "Sen busun."

Yutkundum. "Ne kadar zamanım kaldı?"

"Biraz," dedi.

"Fazla değil mi?"

"Fazla nedir?"

"Bilmiyorum, anne. Sonsuza dek seninle olacak mıyım, yoksa bir dakika içinde gidecek misin?"

"Gerçekten önemli olanı bir dakika içinde bulabilirsin," dedi.

Birden Bayan Thelma'nın evindeki bütün camlar patladı, pencereler, aynalar, televizyon ekranları. Cam kırıkları bir hortumun ortasındaymışız gibi etrafımızda uçuşuyordu. Dışarıdan gelen bir ses hepsini bastırıyordu.

"CHARLES BENETTO! BENİ DUYDUĞUNU BİLİYORUM! BANA CEVAP VER!"

"Ne yapacağım?" diye anneme bağırdım.

Cam kırıkları etrafında uçuşurken o sakince gözlerini kırpıştırıyordu.

"Bu sana bağlı, Charley," dedi.

IV. Gece

Gün Işığı Soluyor

"Cennetin büyükannemle işi bittikten sonra onu geri istiyoruz." Kızım annemin cenaze töreninde konuk defterine bunları yazmıştı. Ergenlerin aklına gelen varsayıma dayalı, ama aykırı bir düşünceydi bu. Ama annemi yeniden gördükten, bu "ölü" dünyasının nasıl işlediğini açıkladığını, insanların anılarıyla onu nasıl çağırdığını duyduktan sonra düşünüyorum da; eh belki de Maria bir şeyler biliyordu.

Bayan Thelma'nın evindeki cam fırtınası dindi; durdurmak için gözlerimi sıkıca kapamam gerekmişti. Derime batan cam kırıklarını temizlemeye çalışıyordum, ama bu bile büyük bir çaba gerektiriyordu. Zayıf, güçsüz bir hale geliyordum. Annemle geçirdiğim bu gün ışığını kaybediyordu.

"Ölecek miyim?" diye sordum.

"Bilmiyorum, Charley. Bunu ancak Tanrı bilir."

"Burası cennet mi?"

"Burası Pepperville Beach. Hatırlamıyor musun?"

"Eğer öldüysem... eğer ölürsem... seninle birlikte olabilecek miyim?"

Güldü. "Oh, demek şimdi benimle birlikte olmak istiyorsun."

Bu belki size soğuk gelebilir. Ama annem yalnızca annemdi işte, biraz komik, biraz muzip, bu günü o ölmeden *önce* geçirseydik olacağı gibi.

Ayrıca haklıydı da. Pek çok defa onunla *olmamayı* seçmiştim. Çok meşguldüm. Çok yorgundum. Onunla uğraşmak istemiyordum. *Kilise mi?* Hayır, teşekkürler. *Akşam yemeği mi?* Üzgünüm. *Ziyarete gelmek mi?* Yapamam, belki gelecek hafta.

Annenizle geçirebileceğiniz saatleri sayın. Kendi başına bir ömür ediyor.

Annem şimdi elimi tutuyordu. Bayan Thelma'dan sonra öylece yürüyorduk. Manzara değişiyor, insanların hayatlarıyla ilgili kısa görüntülerle karşılaşıyorduk. Bazılarını annemin eski arkadaşları olarak tanıyordum. Bazıları çok az tanıdığım insanlardı, bir zamanlar ona hayranlık duyan erkekler: Armando adında bir kasap, Howard adında bir vergi avukatı, küt burunlu saat tamircisi Gerhard. Annem gülümseyerek veya önlerine oturarak her biriyle yalnızca bir an geçirdi.

"Demek şu anda seni düşünüyorlar?" dedim.

"Mmm," dedi başıyla onaylayarak.

"Seni düşündükleri her yere gidiyor musun?"

"Hayır," dedi. "Her yere değil."

Pencereden dışarı bakan bir adamın yanına geldik. Sonra hastane yatağındaki başka bir adamın.

"Bir sürüler," dedim.

"Bunlar yalnızca erkekler, Charley. Düzgün erkekler. Bazıları dul."

"Onlarla çıkıyor musun?"

"Hayır."

"Bunu istediler mi?"

"Pek çok kez."

"Onları neden şimdi görüyorsun?"

"Oh, bu bir kadının ayrıcalığı sanırım." Ellerini birleştirip burnuna götürdü, gülümsemesini gizledi. "Hâlâ düşünülmek güzel bir şey."

Yüzünü inceledim. Yetmişli yaşların sonunda olmasına rağmen güzelliği konusunda hiç kuşku yoktu. Kırışıklarla daha zarifti, gözlüğün ardındaki gözleri, bir zamanlar gece yarısı mavisi-siyahı, şimdiyse bulutlu bir öğleden sonrasının gökyüzünü andıran saçları. Bu erkekler onu bir kadın olarak görüyordu. Ama ben onu hiç öyle görmemiştim. Onu anne babasının ona verdiği Pauline ya da arkadaşlarının verdiği Posey adıyla hiç tanımamıştım; yalnızca benim ona verdiğim isim olan Anne'yle tanıyordum. Onu yalnızca mutfak önlüğüyle sofraya yemek getirirken ya da bizi arabayla bovling salonuna götürürken görüyordum.

"Neden yeniden evlenmedin?" diye sordum.

"Charley." Gözlerini kıstı. "Hadi."

"Hayır. Ciddiyim. Biz büyüdükten sonra... yalnız kalmadın mı?"

Uzaklara baktı. "Bazen. Ama sonra seninle Roberta'nın çocukları oldu ve böylece torunlarım oldu. Hem burda da arkadaşlarım vardı; oh bilirsin işte, Charley. Yıllar geçti."

Avuçlarını havaya kaldırıp gülümsemesini seyrettim. Annemin kendisi hakkında konuşmasını dinlemenin verdiği küçük keyfi unutmuştum.

"Hayat çabuk geçiyor, değil mi, Charley?"

"Ya," diye mırıldandım.

"Onu harcamak çok yazık. Hep çok fazla zamanımız olduğunu düşünürüz."

Kendimi bir şişeye verdiğim günleri düşündüm. Hatırlayamadığım geceleri. Uyuyarak geçirdiğim sabahları. Kendimden kaçarak geçirdiğim bütün o zamanları.

"Hatırlıyor musun?" Gülmeye başladı. "Cadılar Bayramı için seni mumya yapmıştım? Ve yağmur yağmıştı?"

Başımı öne eğdim. "*Hayatımı mahvettin.*"

O zaman bile başkasını suçladığımı düşündüm.

"Biraz yemek yemelisin," dedi.

Ve böylece tekrar mutfağa geldik, son bir kez yuvarlak masanın başına. Kızarmış tavuk, safranlı pilav ve kızarmış patlıcan vardı, hepsi sıcak, hepsi tanıdık, kardeşim ve benim için yüzlerce kez pişirdiği yemekler. Ama daha önce bu odada duyduğum sersemlik hissinin tersine artık huzursuzluk duyuyordum. Sanki kötü bir şeyler olacaktı. Endişeyle bana baktı, dikkatini başka yöne çekmeye çalıştım.

"Bana aileni anlat," dedim.

"Charley," dedi. "Sana bunları anlatmıştım."

Başım zonkluyordu.

"Yeniden anlat."

O da anlattı, ikisi de göçmen olan ve ben doğmadan önce ölen anne babasını, iki amcasını, İngilizce öğrenmeyi reddeden ve hâlâ aile lanetlerine inanan çılgın teyzesini. Sahilin karşısında yaşayan kuzenleri Joe ve Eddie'yi anlattı. Genellikle her birini anlatan küçük bir de anekdot ekliyordu. ("Köpeklerden çok korkardı." "On beşindeyken Donanma'ya katılmayı denedi.") Şimdi isimleri ayrıntılarla eşlemem çok önemliydi. Annem bu hikâyelere başladığında Roberta ve ben genellikle gözlerimizi yuvalarında çevirirdik. Ama yıllar sonra, cenazenin ardından Maria, bana ailem -kimin kimle ilişkili olduğu- hakkında sorular sormuştu ve ben çok zorlanmıştım. Hatırlayamıyordum. Aile geçmişimin büyük bir bölümü annemle birlikte gömülmüştü. Geçmişinizin bu şekilde kaybolmasına asla izin vermemelisiniz.

Bu yüzden bu kez annem aile ağacının her dalını anlatırken dikkatle dinledim, saydığı her kişi için bir parmak tuttum. Sonunda sözlerini bitirdiğinde ellerini birleştirdi ve parmakları -karakterler gibi- kenetlendi.

"Herrr neysssеее," dedi yarı şarkı söyler gibi. "Bu kadar."

"Seni özledim, anne."

Bu sözcükler dudaklarımdan dökülüvermişti. Gülümsedi, ama yanıt vermedi. Bu cümleyi düşünüyor, niyetimi anlamaya çalışıyordu.

Sonra içinde bulunduğumuz dünya hangisiyse, güneşin bu dünyanın ufkuna batmasıyla birlikte dilini şaklatıp, "Uğramamız gereken bir yer daha var, Charley," dedi.

Geri Gelmesini İstediği Gün

Şimdi annemi son kez hayatta gördüğüm günü ve yaptığım şeyi anlatmalıyım.

Sekiz yıl önce, annemin yetmiş dokuzuncu doğum günüydü. İnsanların gelmelerinin iyi olacağını, çünkü eğer gelmezlerse gelecek yıldan başlayarak, "Bir daha kimseye doğum günüm olduğunu söylemeyeceğim," şakasını yapmıştı. Tabi bunu altmış dokuzunda, elli dokuzunda, hatta yirmi dokuzundayken de yapmıştı.

Parti cumartesi öğleden sonra onun evinde verilen bir yemekten oluşuyordu. Karım ve kızım; kız kardeşim Roberta ve kocası Elliot; üç çocukları (en küçüğü beş yaşındaki Roxanne nereye giderse gitsin balerin ayakkabıları giyiyordu); eski mahallemizden aralarında annemin saçlarını yıkayıp şekillendirdiği kadınların da bulunduğu iki düzine insan katılıyordu. Bu kadınların çoğunun sağlık durumu kötüydü; bir tanesi tekerlekli sandalyeyle gelmişti. Yine de hepsinin saçları güzelce yapılmış, miğfer gibi spreylenmişti. Annemin bu partiyi sırf bu bayanların süslenmesi için bir fırsat yaratmak üzere verip vermediğini merak ediyordum.

"Makyajımı büyükannemin yapmasını istiyorum, olur mu?" dedi Maria sıçrayıp bana doğru gelerek. On dört yaşındaki bedeni hâlâ küçük ve sakardı.

"Neden?" diye sordum.

"Çünkü onun yapmasını istiyorum. Eğer sen izin verirsen yapacağını söyledi."

Catherine'e baktım. Omuz silkti. Maria koluma vurmaya başladı.

"Lütfen-lütfen-lütfen-lütfen-lütfen?"

Beysboldan sonra hayatımın ne kadar kasvetli olduğu hakkında yeterince konuştum. Maria'nın bir istisna olduğunu söylemeliyim. O bana büyük keyif veriyordu. İyi bir baba olmaya çalışıyordum. Küçük şeylere dikkat etmeye. Yüzündeki patates kızartmasından kalan ketçabı silerdim. Küçük masada yanına oturur matematik problemlerine yardım ederdim. On bir yaşındayken boyundan bağlanıp kollarını ve sırtını açıkta bırakan bir bluz giydiğinde onu yukarı geri gönderirdim. Ona top atar, yüzme dersleri için YMCA'ye götürürdüm. Onun mümkün olduğunca uzun bir süre için oğlan çocuğu gibi kalmasından mutluluk duyuyordum.

İleride, onun hayatından çıktıktan sonra, üniversite gazetesi için spor yazıları yazdığını öğrenecektim. Sözcüklerle sporun bu karışımıyla, siz isteseniz de istemeseniz de anne ve babanızın sizin aracılığınızla çocuklarınıza nasıl geçtiklerini fark ettim.

Parti devam ederken tabak sesleri duyuluyor, müzik sürüyordu. Odada sohbetin uğultusu vardı. Annem doğum günü kartlarını, önünde tavşan resmi bulunan ucuz, pastel renkli bile olsalar önemli yabancılardan gelen tebrik telgraflarıymış gibi yüksek sesle okuyordu ("Yalnızca partinin çok *şamata* geçmesini umduğumu söylemek için uğradım!"). Bitirince herkesin görebilmesi için kartı çevirip sahibine bir öpücük gönderiyordu: *"Mucuk!"*

Kartlar okunduktan bir süre sonra, ama pasta ve hediyelerden önce telefon çaldı. Annemin evinde telefon uzun süre çalardı, çünkü telefonu açmak için yaptığı işte acele etmezdi; süpürme işini son köşeye kadar bitirir veya son pencereyi spreylerdi.

Telefonu kimse açmadığı için ben açtım.

Hayatımı yeniden yaşasaydım bırakırdım çalsın.

"Alo?" diye yüksek sesle bağırdım gürültüyü bastırmak için.

Annem hâlâ Prenses telefonu kullanıyordu. Kordonu altı metre uzunluğundaydı, çünkü konuşurken etrafta dolaşmayı severdi.

"Alo?" dedim tekrar. Ahizeyi kulağıma yaklaştırdım.

"A-loo?"

Kapatmak üzereydim ki, bir adamın boğazını temizlediğini duydum.

Babam, "Chick? Sen misin?" dedi.

Önce cevap vermedim. Sersemlemiştim. Annemin telefon numarasının hiç değişmemiş olmasına rağmen babamın aradığına inanmak zordu. Bu evden gidişi o kadar ani ve yıkıcı olmuştu ki, sesini duymak bir adamın yanan bir binaya girmesi gibiydi.

"Evet, benim," diye fısıldadım.

"Seni bulmaya çalışıyordum. Evini ve ofisini aradım. Orda olabileceğini düşündüm."

"Bugün annemin doğum günü."

"Oh, doğru," dedi.

"Onunla konuşmak ister miydin?"

Bu cümleyi aceleyle söylemiştim. Babamın gözlerini yuvalarında döndürdüğünü hissedebiliyordum.

"Chick, Pete Garner'la konuşuyordum."

"Pete Garner mı?"

"Pirates'den."

"Öyle mi?"

Telefonu konuklardan uzaklaştırdım. Ahizeyi boşta kalan elimle sıkıca tutarken kanepede oturmuş kâğıt tabaklardan ton balığı yiyen iki yaşlı kadına baktım.

"Eski Oyuncular Maçı yapıyorlar, tamam mı?" dedi babam. "Pete, bana, Freddie Gonzalez'in gelemediğini söyledi. Belgeleriyle ilgili sorunlar varmış."

"Anlamıyorum, neden..."

"Yerine birini bulmak için çok geç. Ben de Pete'e, 'Hey, Chick var,' dedim."

"Baba. Ben yokum."

"Olabilirsin. Senin nerde olduğunu bilmiyor o kadar."

"Eski Oyuncular Maçı mı?"

"O da dedi ki, 'Oh öyle mi? Chick mi?' Ben dedim ki, 'Evet. Hem de çok iyi durumda.'"

"Baba!"

"Ve Pete dedi ki..."

"Baba!"

Sözün nereye gittiğini biliyordum. Bunu hemen anlamıştım. Babam benim beysbol kariyerimden vazgeçmekte benden daha fazla zorlanmıştı.

"Pete seni listeye alacaklarını söyledi."

"Baba, ben yalnızca..."

"Buraya gel."

"Birinci ligde altı hafta oynadım."

"Ve sonra..."

"Yalnızca şeyle Eski Oyuncular Maçı oynayamazsın..."

"Senin sorunun ne, Chick?"

Bu sorudan nefret ediyordum. *Sorunun ne?* Bunun, "Benim bir sorunum yok," demekten daha iyi bir yanıtı yoktu. Üstelik bu da kesinlikle doğru değildi.

İçimi çektim. "Beni listeye alacaklarını mı söyledi?"

"Öyle diyorum."

"Oynamak için mi?"

"Sen sağır mısın? Oynamak için diyorum."

"Ne zaman?"

"Yarın. Organizasyondan adamlar orda olacak ve..."

"Yarın mı, baba?"

"Yarın. Ne var?"

"Saat zaten on beş oldu."

"Yedek kulübesinde bu adamlarla karşılaşırsın. Sohbet edersin."

"Kimlerle?"

"Kim olursa. Anderson. Molina. Mike Junez, antrenör, kel kafalı? Onlarla karşılaşmaya özen göster. Konuşma fırsatı bul, ne çıkacağını asla bilemezsin."

"Ne?"

"Bir şeyler çıkar. Koçluk pozisyonu. Atış antrenörü. İkinci ligde bir şey. Ayağını kapının arasına koy."

"Neden beni istesinler ki?..."

"İşler böyle yürüyor."

"Ne zamandır sopa sallamadım biliyor..."

"İşler böyle yürüyor, Chick. Ayağını kapıya koyacaksın."

"Ama ben..."

"Bu işler açıldığında kimi tanıdığın çok önemli..."

"Baba. Benim bir işim *var.*"

Durakladı. Babam susarak insanı tanıdığım herkesten daha fazla incitebilirdi.

"Bak," dedi nefesini bırakarak. "Ben bir açıklık yarattım. Bunu istiyor musun, istemiyor musun?"

Sesi değişmişti, artık öfkeli, yumrukları sıkılı bir savaşçıydı o. Mevcut varlığımı benim yapabilmeyi istediğim kadar hızlı bir şekilde reddetmişti. Bu benim aniden irkilmeme neden oldu ve irkilmek de kuşkusuz savaşı kaybetmeme.

"Yalnızca buraya gel, tamam mı?" dedi.

"Bugün annemin doğum günü."

"Ama yarın değil."

Geriye dönüp bu konuşmaya bakınca sormayı istediğim bir sürü şey var. Eski karısının doğum günü olması umurunda mıydı? Onun neler hissettiğini bilmek istiyor muydu? Orada kimler olduğunu? Evin ne durumda olduğunu? Annemin onu hiç düşünüp düşünmediğini? Düşünüyorsa iyi mi düşünüyordu? Kötü mü? Yoksa hiç düşünmüyor muydu?

Ona sormayı istediğim bir sürü şey vardı. Ama ben onu arayacağımı söyleyip telefonu kapattım. Ve babamın benim için "ayarladığı" fırsatın zihnimde dans etmesini seyrettim.

Annem vanilyalı pastasını kesip kâğıt tabaklara koyarken bunu düşündüm. Hediyelerini açarken bunu düşündüm. Catherine'i, Maria'yı düşünüp annemin fotoğrafında poz verdim; Maria'nın gözkapakları artık mor renkli farla boyalıydı. Annemin arkadaşı Edith fotoğraf makinesini kaldırıp, *"Bir, iki*... ah, bir dakika, bu şeylerden hiç anlamıyorum," dedi.

Orada dikilip zorla gülümserken beysbol sopasını sallayışımı hayal ettim.

Odaklanmaya çalıştım. Annemin doğum günü partisine sarınmaya çalıştım. Ama pek çok açıdan bir hırsız olan babam benim dikkatimi de çalmıştı. Kâğıt tabaklar atılana kadar bodruma inmiş son uçakta yer ayırtıyordum.

Annem eskiden cümlelerine, "İyi çocuk ol..." diye başlardı. "İyi bir çocuk ol ve çöpü dışarı çıkar..." veya "İyi bir çocuk ol ve bakkala git..." Ama tek bir telefonla o günkü iyi çocuk gitmiş, yerini bir başkası almıştı.

Oradaki herkese yalan söylemek zorundaydım. Bu hiç zor değildi. İş için çağrı cihazı taşıyordum. Aşağıdaki telefondan çağrı cihazımı aradım, sonra hızla yukarı çıktım. Çağrı cihazı Catherine'in önünde çalınca kızmış gibi yapıp, beni "cumartesi günü rahatsız ettikleri için" söylendim.

İşten arıyorlarmış gibi yaptım. Sahte bir keder gösterisi sergiledim. Yalnızca pazar günü toplantı yapabilecek olan bir müşteriye gitmem gerekiyordu ve bu korkunç değil de neydi?

"Bekleyemez mi?" diye sordu annem.

"Biliyorum bu çok saçma," dedim.

"Ama yarın brunch yapacağız."

"Bak, ne yapmamı istiyorsun?"

"Onları bir daha arayamaz mısın?"

"Hayır, anne," diye parladım. "Onları tekrar arayamam."

Başını eğdi. Ben nefesimi bıraktım. Bir yalanı ne kadar savunursanız o kadar öfkeli olursunuz.

Bir saat sonra bir taksi geldi. Çantamı aldım. Aslında yarı kaş çatarak zorla gülümseyen Catherine ve Maria'ya sarıldım. Kalabalığa hoşça kalın, diye bağırdım. Kalabalık hep birden karşılık verdi, "Hoşça kal... Güle güle... İyi şanslar..."

Annemin sesini en son duydum, ötekilerin üstünden: "Seni seviyorum, Char..."

Kapı cümlenin ortasında kapandı.

Ve onu bir daha hiç görmedim.

Annemin Bana Destek Verdiği Zamanlar

"Ama sen bir restoran işletme konusunda ne biliyorsun ki?" diyor karım.

"Sporcu barı," diyorum.

Yemek masamızda oturuyoruz. Annem de orada, küçük Maria'yla cee oynuyor. Bu benim beysbolu bırakmamdan sonra oluyor. Bir arkadaşım yeni işletmesine bir ortak arıyor.

"Ama bir bar işletmek zor değil mi?" diyor Catherine. "Bilmen gereken şeyler yok mu?"

"Arkadaşım biliyor," diyorum.

"Sen ne düşünüyorsun, anne?" diye soruyor anneme.

Annem, Maria'nın elini tutup aşağı yukarı sallıyor.

"Geceleri çalışmak zorunda kalacak mısın, Charley?" diye soruyor annem.

"Ne?"

"Geceleri? Geceleri çalışmak zorunda kalacak mısın?"

"Ben yatırımcıyım, anne. Masalara bakmayacağım."

"Bu çok para," diyor Catherine.

"Para yatırmazsan para kazanamazsın," diyorum.

"Başka bir nedeni yok, değil mi?" diyor Catherine.

Sesli bir şekilde nefesimi bırakıyorum. Gerçekte ne olduğunu bilmiyorum. Spor yaptığınızda kendinizi başka bir şey düşünmemek için eğitirsiniz. Kendimi masanın arkasında düşünemiyorum. Bu bir bar. Barları biliyorum. Günlük varoluşumun bir parçası olarak alkole bağlanmaya başladım bile ve alkole bu kadar kolay ulaşır olmanın da gizli bir cazibesi var. Üstelik bu barın içinde "spor" sözcüğü geçiyor.

"Nerde bu bar?" diye soruyor annem.

"Burdan yarım saat uzakta."

"Ne sıklıkta gitmek zorundasın?"

"Bilmiyorum."

"Ama geceleri gitmeyeceksin, değil mi?"

"Neden geceleri sorup duruyorsun?"

Parmaklarını Maria'nın yüzüne doğru oynatıyor. "Senin bir kızın var, Charley."

Başımı sallıyorum. "Biliyorum, anne."

Catherine kalkıyor. Tabakları yıkıyor. "Bu iş beni korkutuyor, hepsi bu. Yalnızca dürüst oluyorum."

Olduğum yere çöküyorum. Yere bakıyorum. Başımı kaldırdığımda annem bana bakıyor. Bir parmağını çenesinin altına koyup çenesini hafifçe kaldırıyor, bir anlamda bana da aynını yapmamı söylüyor.

"Ne düşünüyorum biliyor musun?" diyor. "Bence hayatta bazı şeyleri denemelisin. Buna sen de inanıyor musun, Charley?"

Başımı evet anlamında sallıyorum.

"İnanç, çok çalışma, sevgi... bu şeylere sahip olursan, her şeyi yapabilirsin."

Doğrulup oturuyorum. Karım omuz silkiyor. Ruh hali değişiyor. Olasılıklar artıyor.

Birkaç ay sonra spor barı açılıyor.

İki yıl sonra batıyor.

Belli ki o üç şeyden fazlasına ihtiyacınız var. En azından annemin olmasa bile benim dünyamda.

Maç

Eski Oyuncular Maçı'ndan bir gece önce en iyi Western otelinde kaldım. Bu bana oynadığım günleri ve yaptığımız yolculukları hatırlattı. Gece uyuyamadım. Stadyumda kaç kişinin olacağını merak ediyordum. Topla temas etme fırsatı bulup bulamayacağımı merak ediyordum. Saat 05.30'da yataktan kalkıp biraz esneme hareketleri yaptım. Telefonumdaki kırmızı ışık yanıp sönüyordu. Resepsiyonu aradım. En az yirmi kez çaldı.

"Mesaj ışığım yanıyor," dedim sonunda biri yanıt verdiğinde.

"Bir saniye..." diye inledi bir ses. "Evet. Bir paketiniz var."

Alt kata indim. Resepsiyon görevlisi bana eski bir ayakkabı kutusu verdi. Üzerinde adım vardı. Adam esnedi. Paketi açtım.

Ayakkabılarımın metal parçalarıydı bunlar.

Belli ki babam bunca yıl saklamıştı. Gece bir ara odamı bile aramadan bırakmış olmalıydı. Not aradım, ama kutuda başka bir şey yoktu. Yalnızca eski çizikleriyle ayakkabılarım duruyordu.

Stadyuma erken vardım. Alışkanlık üzere taksinin beni oyuncuların girdiği kapıya bırakmasını istedim, ama nöbetçi beni çalışanlar kapısına, bira ve sosisli sandviç satıcılarının girdiği girişe yönlendirdi. Stadyum boştu ve koridorlar sosis yağı kokuyordu. Buraya dönmek garipti. Tekrar oyunculuğa geri dönmeyi yıllarca istemiştim. Şimdiyse bir promosyonun bir parçasıydım, Eski Oyuncular Günü, birkaç devrelik bedava nostalji, bilet satmanın bir yolu; Kep Günü, Top Günü, Havaifişek Günü gibi.

Soyunma odasına giden yolu buldum. Kapıdaki bir görevli listeden adımı kontrol edip o gün giyeceğim formayı verdi.

"Ben nerde?..."

"Şu tarafta istediğiniz yerde," diye mavi boyalı dolapların olduğu yeri işaret etti.

Köşede kır saçlı iki adam konuşuyordu. Konuşmalarını bölmeden bana selam verdiler. Başkasının sınıfı için lise toplantısına gitmek gibi garip bir durumdu bu. Sonra düşündüm ki birinci, ligde altı hafta oynamıştım ben. Ömür boyu arkadaş edinecek değildim.

Formamın arkasında "Benetto" yazıyordu, ama dikkatle inceleyince kumaşın daha önce orada olan başka isimle solduğunu görebiliyordum. Formanın üstünü başımdan soktum, kollarımı geçirdim.

Formayı aşağı indirip dönünce, "Bombacı" Willie Jackson'ın birkaç adım ötede durduğunu gördüm.

Jackson'ı herkes tanırdı. Müthiş bir vurucuydu, hem sahadaki gücü hem de küstahlığıyla ünlüydü. Bir keresinde deplasman maçında sopasını sahanın sağ tarafındaki çitlere doğrultmuş, topu istemiş ve müthiş bir vuruşla sayı yapmıştı. Ölümsüz olmak için kariyerinizde bunu yalnızca bir kez yapmanız yeterliydi, televizyonda sayısız tekrarı yayınlanmıştı. Ve işte o Jackson buradaydı.

Yanımdaki taburede oturuyordu. Jackson'la hiç oynamamıştım. Şişmanlamıştı, mavi velur kazağının içinde neredeyse şişirilmiş gibi görünüyordu, ama hâlâ soylu bir duruşu vardı. Başıyla bana selam verdi, ona karşılık verdim.

"Ne var ne yok?" dedi.

"Chick Benetto," dedim elimi uzatarak. Parmaklarımı tutup kendine doğru çekti. Adını söylemedi. Söylemek zorunda olmadığı biliniyordu.

"E, Chuck, bu günlerde neler yapıyorsun?"

Telaffuzunu düzeltmedim. "Pazarlamacılık" yaptığımı söyledim. "Ya sen?" diye sordum. "Hâlâ televizyonda mısın?"

"Mmm. Biraz. Daha çok yatırım işindeyim."

Başımı salladım. "Güzel. Evet. İyi hareket. Yatırımlar."

"Yatırım şirketi," dedi. "Hisse senetleri, tahviller filan. Çoğunlukla hisse senedi."

Tekrar başımı salladım. Formamı şimdiden giydiğim için kendimi aptal gibi hissediyordum.

"Borsaya girdin mi?" diye sordu.

Avucumu bir aşağı bir yukarı döndürdüm. "Bilirsin, şurda burda." Bu yalandı. Ne orada ne de burada borsaya giriyordum.

Beni inceledi, çenesini oynattı.

"Eh bir bak. Seni bağlayabilirim."

Bir an için aramızda bir şey oldu, ünlü Jackson, beni bağlamayı istiyordu ve ben zihnimden sahip olmadığım parayı bulmaya çalışıyordum. Ama o herhalde kartvizitini çıkarmak için ceketine uzanırken birisi bağırdı. "JACKSON, SENİ ŞİŞKO DOMUZ!" İkimiz de döndük Spike Alexander'dı bu. İkisi birbirlerine o kadar sıkı sarıldılar ki, neredeyse bana çarpıyorlardı. Önlerinden çekilmek zorunda kaldım.

Bir dakika sonra odanın karşısındaydılar. Ötekiler etraflarını çevirmişti. Böylece benim borsayla olan ilişkim burada bitmişti.

ʚɞ Eski Oyuncular Maçı gerçek maçtan bir saat önce oynandı. Bu da biz maça başladığımızda tribünlerin neredeyse tamamen boş olduğu anlamına geliyordu. Basın temsilcisi seyircileri selamladı. Alfabetik sırayla tanıtıldık. 1940'ların sonlarında oynayan Rusty Allenback'le başladı, ardından kocaman gülümsemesi olan 1960'ların orta saha oyuncusu Benny 'Bobo' Barbosa geldi, el sallayarak koştu. Benim adım söylendiğinde taraftarlar hâlâ onu alkışlıyordu. "1973'ün flama kazanan takımından..." Seyircilerdeki beklentiyi neredeyse duyabiliyordunuz. "Yakalayıcı Charles 'Chick' Benetto." Ve kalabalığın sesinde ani bir düşüş oldu, coşku kibar alkışa dönüştü.

Yedek kulübesinden fırlarken neredeyse Barbosa'nın bacaklarına takılıyordum. Alkışlar bitmeden yerimi almak istiyordum, böylece çakıl taşı kaplı zeminde kendi ayak seslerinizi duyabildiğiniz sessizliğin utancından kurtulacaktım. O kalabalığın arasında bir yerlerde babam vardı, ama onu kolları göğsünde kavuşturulmuş olarak hayal ediyordum. Ev sahibi takımdan alkış yoktu.

ʚɞ Ve işte maç. Yedek kulübesi tren istasyonu gibiydi, adamlar girip çıkıyor, sopalarını alıyor, ayakkabılar beton zeminde şangırdayarak birbirine çarpıyordu. Top tutma sırası bir devre bendeydi, ki bu bile fazlaydı, çünkü onca yıl sonra çömelmekten üçüncü atış gibi oldukça erken bir dönemde bacaklarım yanmaya başlamıştı. Ağırlığımı durmadan bir ayağımdan ötekine geçiriyordu. Sonunda

Teddy Slaughter adındaki uzun boylu, kıllı vurucu, "Hey, dostum, orda hoplamayı keser misin?" dedi.

Sanırım gelen kalabalık için bu bir beysbol maçına benziyordu. Sekiz saha oyuncusu, bir atıcı, bir vurucu, siyahlar giymiş bir hakem. Ama seri olmaktan, gençlik günlerimizin güçlü dansından çok uzaktık. Artık çok yavaştık. Beceriksizdik. Sopayı savuruşumuz ağır, atışlarımız yüksek ve kavisliydi, altlarından çok fazla hava geçiyordu.

Yedek kulübesinde yaşlanma sürecine teslim oldukları belli olan koca karınlı adamlar vardı. "Tanrım, biri bana oksijen versin," gibi şakalar yapıyorlardı. Bazılarıysa bütün maçları ciddiye alma kanununa uyuyorlardı. Yaşlı bir Porto Rikolu dış saha oyuncusunun yanında oturuyordum. En az altmışındaydı, yere durmadan tütün tükürüp, "İşte böyle bebekler, işte böyle..." diye mırıldanıyordu.

Sonunda vuruş yapmaya çıktığımda stadyumun yarısı bile dolu değildi. Birkaç alıştırma savurması yaptım, sonra vurucu bölmesine girdim. Güneş bir bulutun arkasına saklandı. Bir satıcının sesini duyabiliyor, ensemdeki teri hissedebiliyordum. Ağırlığımı bir ayağımdan diğerine geçirdim. Ve bunu hayatımda milyonlarca kez yapmış olmama -sopanın sapını kavra, omuzlarını kaldır, çeneni sık, gözlerini kıs- rağmen kalbim deli gibi çarpıyordu. Sanırım orada birkaç saniyeden fazla kalmak istiyordum. İlk atış geldi. Gitmesine izin verdim. Hakem bağırdı. "Top bir!" Ve ona teşekkür etmek istedim.

Hiçbir yerde bir şey olurken başka bir yerde ne olduğunu merak eder misiniz? Annem boşandıktan sonra gün batımında arka verandada oturup sigarasını tüttürür ve, "Charley," derdi. "Şu anda güneş burda batarken dünyanın başka bir yerinde doğuyor. Avustralya veya Çin'de. Ansiklopediden bunu öğrenebilirsin."

Dumanı üfleyip havuzların ve salıncakların bulunduğu kare biçimindeki arka bahçelere bakardı.

"O kadar büyük bir dünya ki, her zaman bir yerlerde bir şeyler oluyor."

Bu konuda haklıydı. Her zaman bir yerlerde bir şeyler oluyordu. Böylece ben Eski Oyuncular Maçı'nda yerimde dikilmiş kır saçlı atıcıya bakarken ve o eskiden en hızlı olan, ama şimdi topu yalnızca göğsüme doğru gönderebilen fırlatışını yaparken, ben sopamı savurup topa temas ederek o tanıdık *tak* sesini duymamla birlikte sopamı bırakıp eski standartlarımı, kollarımın ve bacaklarımın bir zamanlar sahip olduğu eski gücünü, yaşlandıkça duvarların uzaklaştığını unutarak muhteşem bir şey yaptığım düşüncesiyle koşmaya başlarken, başımı kaldırıp bakınca başta sıkı olduğunu, hatta bir sayı getireceğini düşündüğüm vuruşun aslında iç sahanın hemen dışında, eldiveniyle bekleyen oyuncuya doğru alçaldığını, yalnızca nemli bir çatapat, işe yaramaz bir vuruş olduğunu görürken ve rakip oyuncu bu çıldırtıcı maça sunduğum son çabayı eldivenli eliyle kavrarken ben içimden, *düşür! düşür!* diye bağırırken; tüm bunlar olurken annemin bir zamanlar söylediği gibi Pepperville Beach'de tamamen başka şeyler oluyordu.

Annemin saatli radyosu orkestra müziği çalıyordu. Yastıkları güzelce kabartılmıştı. Ve bedeni kırık bir bebek gibi yeni kırmızı gözlüklerini aramaya geldiği yatak odasının zeminine düşmüştü.

Kalp krizi.

Son nefesini veriyordu.

Eski Oyuncular Maçı bittiğinde tünele girip yeni oyuncuların yanından geçtik. Birbirimizi şöyle bir ölçüp biçtik. Onlar genç ve pürüzsüz tenliydiler. Bizse şişko ve kel. Yakalayıcı maskesi tutan kaslı bir adama başımla selam verdim. Ben içeri girerken kendimin dışarı çıkmasını seyretmek gibi bir şeydi bu.

Soyunma odasında hızla hazırlandım. Bazılarımız duş aldı, ama bu çok aptalcaydı. O kadar sıkı çalışmamıştık bile. Formamın üstünü katlayıp hatıra olarak sakladım. Çantamın fermuarını kapattım. Giyinik olarak birkaç dakika oturdum. Sonra her şey anlamsız geldi.

Geldiğim yoldan, çalışanlar kapısından çıktım. İşte babam sigarasını içip gökyüzüne bakıyordu. Beni gördüğüne şaşırmıştı.

"Ayakkabılar için teşekkürler," dedim.

"Burda ne yapıyorsun?" dedi kızarak. "İçerde konuşacak kimseyi bulamadın mı?"

Alaycı bir şekilde nefesimi bıraktım. "Bilmiyorum, baba. Sanırım sana merhaba demeye geldim. İki yıldır görüşmedik."

"Tanrı aşkına." Başını tiksintiyle iki yana salladı. *"Benimle* konuşarak oyuna yeniden nasıl dahil olacaksın?"

Chick, Annesinin Öldüğünü Öğreniyor

"Alo?"

Karımın sesi titrek ve huzursuzdu.

"Hey, benim," dedim. "Üzgünüm, ben..."

"Oh Chick, oh, Tanrı'm, sana nasıl *ulaşacağımızı* bilemedik."

Yalanlarımla hazırdım -müşteri, toplantı, vesaire- ama hepsi tuğladan bir duvar gibi yıkılıyordu.

"Ne oldu?" diye sordum.

"Annen. Oh, Tanrı'm, Chick. Nerdeydin? Biz seni..."

"Ne? Ne?"

Ağlamaya başladı, yutkundu.

"Söyle bana," dedim. *"Ne oldu?"*

"Kalp krizi geçirdi. Onu Maria buldu."

"Ne?..."

"Annen... öldü."

Umarım siz bu sözleri hiç duymazsınız. *Annen. Öldü.* Bunlar öteki sözcüklerden farklıdır. Kulaklarınıza sığmayacak kadar büyüktür. Kafanızın yan tarafını uçuran, yabancı, ağır, güçlü bir dile aitmiş gibi. Ezici bir top gibi üzerinize gelir gelir, sonunda sözcükler beyninizin içine sığacak büyüklükte bir delik açar. Ve bunu yaparken sizi paramparça eder.

"Nerde?"

"Evinde."

"Nerde, yani ne zaman?"

Birden ayrıntılar son derece önemli göründü. Ayrıntılar tutunacak bir şey, kendimi hikâyeye dahil etmenin bir yoluydu. "Nasıl?"

"Chick," dedi Catherine yumuşak bir sesle. "Yalnızca eve gel, tamam mı?"

Bir araba kiraladım. Gece boyu araba kullandım. Şok ve yasım arka koltukta, suçluluk duygum ön koltuktaydı. Gün doğmadan hemen önce Pepperville Beach'e vardım. Garaj yoluna girdim. Motoru kapadım. Gökyüzü çürük vişne rengiydi. Arabam bira kokuyordu. Orada öylece oturup şafağın etrafımda sökmesini beklerken babamı arayıp annemin ölümünü bildirmediğim aklıma geldi. İçimin derinliklerinde bir yerde onu bir daha görmeyeceğimi hissediyordum.

Ve görmedim de.

Annemi de babamı da aynı gün kaybetmiştim, birini utanç, diğerini gölgeler içinde.

Üçüncü ve Son Ziyaret

Annem ve ben daha önce hiç görmediğim bir kasabada yürüyorduk. Kasabanın dikkate değer bir yanı yoktu. Bir köşede benzin istasyonu, karşı köşede küçük bir bakkal. Telefon direkleri ve ağaçların kabukları aynı mukavva rengindeydi, ağaçların çoğu yapraklarını dökmüştü.

İki katlı bir binanın önünde durduk. Soluk sarı tuğladandı.

"Nerdeyiz?" diye sordum.

Annem ufka baktı. Güneş batmıştı.

"Daha fazla yemek yemeliydin," dedi.

Gözlerimi yuvalarında döndürdüm. "Hadi, anne."

"Ne var? Yemek yediğini bilmek hoşuma gidiyor, hepsi bu. Kendine bakmalısın, Charley."

İfadesinde o eski, sarsılmaz endişe dağını gördüm. Ve insanın annesine baktığında bulabileceği en saf sevgiyle baktığını fark ettim.

"Keşke bunu daha önce yapsaydık, anne, biliyor musun?"

"Yani ben ölmeden önce mi?"

Sesim çekingen bir hal aldı. "Evet."

"Ben burdaydım."

"Biliyorum."

"Sen meşguldün."

Bu söz karşısında ürperdim. Artık o kadar boş görünüyordu ki. Yüzünden bir teslimiyet dalgasının geçtiğini gördüm. Sanırım o anda ikimiz de bunu tekrarlasaydık her şeyin ne kadar farklı olabileceğini düşünüyorduk.

"Charley," dedi. "Ben iyi bir anne miydim?"

Yanıt vermek için ağzımı açtım, ama kör edici bir ışık onu görmemi engelledi. Yüzümde bir sıcaklık hissettim, sanki güneş yüzümü yakıyordu. Sonra bir kez daha gürleyen o sesi duydum:

"CHARLES BENETTO. GÖZLERİNİ AÇ!"

Zorlukla gözlerimi kırpıştırdım. Birden annemin birkaç blok arkasında kaldığımı fark ettim, sanki o yürümeye devam etmişti de ben durmuştum. Daha da ilerliyordu. Artık onu neredeyse hiç göremiyordum. Uzandım, parmaklarım gerildi, omuzlarım yuvalarından çıktı. Her şey dönüyordu. Adını söylemeye çalıştığımı hissettim, sözcük boğazımda titreşiyordu, Sahip olduğum bütün gücü kullandım.

Birden yeniden yanımdaydı. Elimi tuttu, hiçbir şey olmamış gibi çok sakindi. Daha önce olduğumuz yere doğru süzüldük.

"Bir durak daha var," diye tekrarladı.

Beni sarı tuğla binaya çevirdi ve birden içine girdik. Ağır mobilyalı, alçak tavanlı bir dairedeydik. Yatak odası küçüktü. Duvar kâğıdı avokado yeşiliydi. Duvarda üzüm bağlarını gösteren bir tablo asılıydı, yatağın üstünde bir haç vardı. Köşede büyük bir aynanın altında ahşap bir makyaj masası duruyordu. Aynanın önünde siyah saçlı, pembe bornozlu bir kadın oturuyordu.

Yetmişli yaşlarındaydı. Uzun, ince bir burnu, sarkık esmer derisinin altında çıkık elmacık kemikleri vardı. Dalgın dalgın masaya bakarken yavaşça saçlarını fırçalıyordu.

Annem onun arkasında durdu. Selamlaşma olmadı. Ellerini uzattı, kadının elleriyle birleşti, biri fırçayı tutuyor, diğeri düzleştirdiği avucuyla fırçayı takip ediyordu.

Kadın aynadaki görüntüsüne bakıyormuş gibi başını kaldırdı, ama gözleri dumanlı ve uzaktı. Sanırım annemi görüyordu.

İkisi de bir şey söylemedi.

"Anne," diye fısıldadım sonunda. "O kim?"

Annem döndü, elleri hâlâ kadının saçlarındaydı.

"Bu senin babanın karısı."

Anneme Destek Vermediğim Zamanlar

Küreği al, dedi rahip. Bunu gözleriyle söyledi. Annemin mezara yarı indirilmiş olan tabutuna toprak atacaktım. Rahip annemin bu adeti Yahudilerin cenaze törenlerinde gördüğünü ve kendisinin de talep ettiğini anlattı. Annem bunun yas tutanların cesedin gittiğini kabul etmelerine ve ruhu hatırlamalarına yardımcı olacağına inanıyordu. Babamın onu azarladığını duyabiliyordum. "Posey, yemin ederim, bunu sen uyduruyorsun."

Eline tüfek verilen bir çocuk gibi küreği aldım. Yüzüne siyah bir peçe takmış olan ve gözle görünür şekilde titreyen kardeşim Roberta'ya baktım. Ayaklarına bakan, yanaklarından yaşlar süzülen, sağ eli ritmik bir şekilde kızımızın saçlarını okşayan karıma baktım. Yalnızca Maria, bana bakıyordu. Ve gözleri, yapma, baba. Geri ver onu, der gibiydi.

Beysbolda bir oyuncu kendi sopasını mı, başkasının sopasını mı tuttuğunu ayırt edebilir. Ellerimde kürekle hissettiğim şey buydu. Bu, başkasının sopasıydı. Bana ait değildi. Annesine yalan söylemeyen bir oğula aitti. Annesine son sözlerini öfkeyle söylememiş olan bir oğula. "Orda olmasam daha iyi, kimseyi rahatsız etmek istemiyorum," diye karar vererek aile toplantısına katılmayan mesafeli babasının son kaprisini tatmin etmek için koşturmayan bir oğula.

O oğul hafta sonu orada kalmalı, konuk odasında karısıyla uyumalı, ailesiyle pazar kahvaltısı yapmalıydı. O oğul annesi yere yıkıldığında orada olurdu. O oğul annesini kurtarabilirdi.

Ama o oğul ortalıkta yoktu.

Bu oğul yutkundu ve yapması gerekeni yaptı: Tabuta toprak attı. Toprak dağınık bir yığın halinde tabuta düştü, birkaç taş cilalı ahşabın üstünde takırdadı. Bu onun fikri olmasına rağmen annemin sesinin, "Oh, Charley? Bunu nasıl yapabildin?" dediğini duydum.

Her Şey Açıklanıyor

"O senin babanın karısı."

Bu cümleyi nasıl açıklayabilirsiniz? Ben açıklayamam. Yalnızca duvarında üzüm bağlarına ait bir tablonun bulunduğu bu garip dairede dikilirken annemin ruhunun bana söylediklerini tekrarlayabilirim.

"O senin babanın karısı. Savaş sırasında tanıştılar. Baban İtalya'da görev yapıyordu, Sana bunu söyledi, değil mi?"

Pek çok kez. İtalya, 1944'ün sonları. Bologna'dan çok uzak olmayan Apennine Dağları ve Po Vadisi.

"Kadın orda bir köyde yaşıyordu. Yoksuldu. Baban askerdi. Bu tür şeylerin nasıl olduğunu bilirsin. Baban o günlerde çok şeydi, bilmiyorum, nedir o sözcük? Pervasız mı?"

Annem kadının saçlarını fırçalayan ellerine baktı.

"Sence güzel mi, Charley? Ben hep güzel olduğunu düşündüm. Hâlâ öyle. Sence de öyle değil mi?"

Başım dönüyordu. "Ne demek karısı? Onun karısı sendin."

Yavaşça başıyla onayladı.

"Evet, öyleydim."

"İnsanın iki karısı olamaz."

"Hayır," diye fısıldadı. "Haklısın. Olamaz."

Kadın burnunu çekti. Gözleri kırmızı ve yorgundu. Beni tanımıyordu. Ama konuşan annemi dinliyor gibiydi.

"Sanırım baban savaş sırasında korktu. Savaşın ne kadar süreceğini bilmiyordu. O dağlarda bir sürü asker öldü. Belki bu kadın ona güvenlik sağladı. Belki baban eve hiç dönemeyeceğini sandı. Kim bilir? Babanın her zaman bir planı olmalıydı, bunu hep söylerdi: "'Bir planın olsun. Planın olsun.'"

"Anlamıyorum," dedim. "Babam sana o mektubu yazdı."

"Evet."

"Sana evlenme teklif etti. Sen de kabul ettin."

Annem içini çekti. "Savaşın sona erdiğini fark edince sanırım farklı bir plan istedi; benimle yaptığı eski planı. Artık tehlikede olmadığında işler değişir, Charley. Ve böylece..." Kadının saçlarını omuzlarından kaldırdı. "Bu kadını orda bıraktı."

Durakladı.

"Baban bu konuda çok ustaydı."

Başımı iki yana salladım. "Peki ama sen neden..."

"Bana hiç söylemedi, Charley. Kimseye söylemedi. Ama bir ara, yıllar içinde onu tekrar buldu. Ya da kadın onu buldu. Ve sonunda onu Amerika'ya getirdi. Tamamen farklı bir hayat kurdu. Ona ikinci bir ev bile aldı. Collingswood'da. İkinci dükkânını açtığı yerde, hatırlıyor musun?"

Kadın fırçayı bıraktı. Annem ellerini geri çekti, parmaklarını birleştirip çenesinin altına koydu.

"Onca yıldır baban onun yaptığı türde makarna istiyordu." İçini çekti. "Nedense bu beni hâlâ rahatsız ediyor."

Ve sonra bana hikâyenin geri kalan kısmını anlattı. Nasıl öğrendiğini. Collingswood'daki otelden neden hiç fatura gelmediğini sorduğunu. Babamın nakit ödediğini söylediğini ve bundan şüphelendiğini. Bir gece nasıl bebek bakıcısı ayarlayıp endişeli bir şekilde Collingswood'a gittiğini, sokaklarda dolaşıp yabancı bir evin garaj yolunda babamın Buick'ini gördüğünü ve nasıl gözyaşlarına boğulduğunu.

"Titriyordum, Charley. Her adımı zorla attım. Bir pencerenin altına yaklaşıp içeriye baktım. Yemek yiyorlardı. Babanın gömleğinin düğmeleri çözülmüştü, atleti görünüyordu, bizimle birlikte olduğu gibi. Yemeğini aheste aheste yiyordu, acele etmeden, rahat bir şekilde, sanki orda yaşıyormuş gibi, tabakları o kadına uzatıyordu ve..."

Durdu.

"Bunları bilmek istediğine emin misin?"

Boş boş başımı salladım.

"Oğulları."

"Ne?..."

"Senden birkaç yaş daha büyüktü."

"Bir... erkek mi?"

Bunu söylerken sesim çok hafif çıkmıştı.

"Üzgünüm, Charley."

Geriye düşüyormuşum gibi başım dönüyordu. Bunları size anlatırken bile sesim zor çıkıyor. Takımımıza, *bizim* takımımıza sadakatimi, kendimi adamamı bekleyen babam, ailemizin erkeği. Onun başka bir *oğlu* mu vardı?

"Beysbol oynuyor muydu?" diye fısıldadım.

Annem çaresizce bana baktı.

"Charley," dedi neredeyse ağlayarak. "Gerçekten bilmiyorum."

ᘓᘐ Bornozlu kadın çekmeceyi açtı. Bazı kâğıtlar çıkarıp karıştırdı. Gerçekten annemin söylediği kadın mıydı bu? İtalyana benziyordu. Yaşı doğru gibiydi. Babamın onunla buluşmasını hayal etmeye çalıştım. Bu kadın ya da bu daire hakkında hiçbir şey bilmiyordum, ama odanın her yerinde babamı hissediyordum.

"O gece eve geldim, Charley," dedi annem. "Ve kaldırıma oturdum. Bekledim. Garaj yolumuza girmesini bile istemiyordum. Gece yarısından sonra geldi ve farları bana çarptığında yüzünde beliren ifadeyi hiç unutmayacağım, çünkü sanırım o anda durumu öğrendiğimi anladı.

"Arabaya binip bütün camları kapamasını istedim. Kimsenin beni duymasını istemiyordum. Sonra patladım. Yalanlarından hiçbirini kullanamayacağı şekilde patladım. Sonunda kadının kim olduğunu, nerde tanıştıklarını, ne yapmaya çalıştığını itiraf etti. Başım dönüyordu. Karnım o kadar ağrıyordu ki oturamıyordum. Bir evlilikten çok şey beklersin, Charley, ama kim *yerini başkasının almasını* kabul edebilirdi ki?"

Duvara doğru döndü, bakışları tabloya gitti.

"Birkaç ay sonrasına kadar bu olayın beni çok kötü etkileyip etkilemediğinden emin değilim. Arabanın içinde yalnızca öfkeliydim. Ve kalbim kırılmıştı. Üzgün olduğuna yemin ediyordu. Öteki oğlunu bilmediğine, öğrendiğinde kendini bir şeyler yapmaya zorunlu hissettiğine yemin ediyordu. Bunun doğru olup olmadığını bilmiyorum. Babanın her şey için bir cevabı vardı.

"Ama bunların hiçbiri önemli değildi. Bitmişti. Anlıyor musun? Onun bana karşı yaptığı hemen her şeyi affedebilirdim. Ama bu sana ve kız kardeşine de ihanetti."

Bana döndü.

"Senin bir ailen var, Charley. İyi günde, kötü günde. Bir ailen var. Onları değiş tokuş edemezsin. Onlara yalan söyleyemezsin. Aynı anda iki aileyle beraber olamazsın, ikisini birbirinin yerine koyamazsın.

"Ailene bağlı kalmak onu aile *yapan* şeydir."

İçini çekti.

"Bu yüzden bir karar vermek zorundaydım."

O korkunç anı resmetmeye çalıştım. Gece yarısından sonra, camları kapalı arabada; dışarıdan sessizce çığlık atıyor gibi görünen iki kişi. Ailemin bir evde uyurken başka bir ailenin başka bir evde uyuduğunu, babamın elbiselerinin iki evin dolabında da asılı olduğunu hayal etmeye çalıştım.

Pepperville Beach'in çekici Posey'inin eski hayatını o gece kaybedişini, her şey karşısında yıkılırken ağlayıp çığlıklar atmasını hayal ettim. Ve bu olayın Annemin Bana Destek Verdiği Zamanlar listesinde en başa geçmesi gerektiğini fark ettim.

"Anne," diye fısıldadım sonunda. "Ona ne dedin?"

"Gitmesini söyledim. Ve bir daha asla geri gelmemesini."

Böylece artık annemin mısır gevreklerini ezmesinden önceki gece neler olduğunu biliyordum.

Hayatımda, yeniden o ana dönüp değiştirmeyi dilediğim pek çok şey var. Yeniden şekillendireceğim pek çok an. Ama eğer yalnızca bir şeyi değiştirebilecek olsam bunu kendim için değil kızım için yapardım. O pazar günü büyükannesini aramaya giden Maria, onu yatak odasında yerde yatarken bulmuş, uyandırmaya çalışmıştı. Çığlık atmaya başlamıştı. Odaya çıkıp tekrar girmiş, bir yandan yardım çağırmaya uğraşırken bir yandan da annemi yalnız bırakamamıştı. Bu asla olmamalıydı. O yalnızca bir çocuktu.

Sanırım o andan itibaren kızımla ya da karımla yüz yüze gelmem zorlaştı. Sanırım bu yüzden çok fazla içtim. Sanırım bu yüzden inleyerek başka bir hayata geçtim, çünkü içimin derinliklerinde eski hayatımı artık hak etmediğimi düşünüyordum. Kaçıyordum. Sanırım bu şekilde babam ve ben üzücü bir paralellik gösteriyoruz. İki hafta sonra, yatak odamızın sessizliğinde Catherine'e, annem ölürken nerede olduğumu, bir iş gezisi filan olmadığını, Pittsburgh stadyumunda beysbol oynadığımı itiraf ettiğimde karım donup kaldı. Bir şey söylemek istiyor gibiydi, ama o şeyi hiç söyleyemedi.

Sonunda yaptığı tek yorum, "Şu an ne fark eder ki?" oldu.

Annem küçük odayı geçip tek pencerenin önünde durdu. Perdeyi yana çekti.

"Dışarsı karanlık," dedi.

Arkamızdaki aynada İtalyan kadın aşağıya bakıyor, kâğıtlarını karıştırıyordu.

"Anne?" dedim. "Ondan nefret ediyor musun?"

Başını iki yana salladı. "Neden edeyim ki? O yalnızca benimle aynı şeyleri istedi. O da alamadı. Evlilikleri sona erdi. Baban yoluna devam etti. Dediğim gibi bunda çok ustaydı."

Üşüyormuş gibi dirseklerini tuttu. Aynadaki kadın yüzünü ellerinin arasına aldı. Hafif hıçkırıklarla ağlamaya başladı.

"Sırlar, Charley," diye fısıldadı annem. "Seni paramparça eder."

Üçümüz bir an sessizlik içinde durduk, her birimiz kendi dünyamızdaydık. Sonra annem bana döndü.

"Artık gitmelisin," dedi.

"Gitmek mi?" Sesim boğazıma tıkanmıştı. "Nereye? Neden?"

"Ama..." Ellerimi tuttu. "Önce sana bir şey sormak istiyorum, Charley."

Gözleri yaşlıydı.

"Neden ölmek istedin?"

Ürperdim. Bir saniye için nefes alamadım.

"Biliyor muydun?..."

Üzgün bir şekilde gülümsedi.

"Ben senin annenim."

Vücudum sarsıldı. Ağzımdan hava püskürdü. "Anne... ben sandığın gibi değilim... her şeyi berbat ettim. İçki içtim. Her şeyi mahvettim. Ailemi kaybettim..."

"Hayır, Charley..."

"Evet, evet, mahvettim." Sesim titriyordu. "Dağıldım... Catherine gitti, anne. Onu uzaklaştırdım... Maria, onun hayatında bile değilim... evlendi... ben orda bile değildim... artık bir yabancıyım... sevdiğim her şeye yabancıyım..."

Göğsüm inip kalkıyordu. "Ve sen... o son gün... seni asla bırakmamalıydım... sana hiç söyleyemedim..."

Başım utançla öne eğildi.

"... ne kadar üzgün olduğumu... ben o kadar... o kadar..."

Bir tek bunu söyleyebildim. Kontrolsüzce ağlayarak yere düştüm, içimi boşaltıp feryat ettim. Oda küçülerek başımın arkasındaki ısıya dönüştü. Ne kadar süre öyle kaldığımı bilmiyorum. Sesim çıktığında yalnızca boğuk bir hışırtıdan ibaretti.

"Durmasını istedim, anne... bu öfkenin, suçluluk duygusunun. Bu nedenle... ölmek istedim..."

Bakışlarımı kaldırdım ve ilk kez gerçeği itiraf ettim.

"Vazgeçtim," diye fısıldadım.

"Vazgeçme," diye fısıldadı karşılık olarak.

Bunun üzerine başımı gömdüm. Söylemeye utanıyordum. Başımı annemin kollarına gömdüm, elleri boynumu beşik gibi sallamaya başladı. Birbirimize öylece sarıldık, kısacık bir an için. Ama o an hissettiğim rahatlığı söze dökmem mümkün değil. Şu kadarını söyleyebilirim ki, şu anda sizinle konuşurken bile hâlâ o anı özlüyorum.

"Sen öldüğünde orda değildim, anne."

"Yapman gereken bir şey vardı."

"Yalan söyledim. Söylediğim en kötü yalandı... İşe yaramadı. Bir maçta oynamaya gittim... aptalca bir maçta... şeyi memnun etmeyi o kadar umutsuzca istiyordum ki..."

"Babanı."

Yavaşça başını salladı.

Ve bunu başından beri bildiğini fark ettim.

Odanın karşısındaki İtalyan kadın bornozunu sıkıca toparladı. Dua edermiş gibi ellerini birleştirdi. O kadar garip bir üçlü oluşturuyorduk ki, her birimiz hayatımızın bir noktasında aynı adam tarafından sevilmeyi istemiştik. Beni bir karar vermeye zorlayan sözlerini hâlâ duyabiliyordum: *Annenin oğlu musun, babanın oğlu mu, Chick? Ne olacaksın?*

"Yanlış kararı verdim," diye fısıldadım.

Annem başını iki yana salladı.

"Bir çocuk asla seçim yapmak zorunda kalmamalı."

İtalyan kadın ayağa kalkmıştı. Gözlerini silip kendini toparladı. Parmaklarını makyaj masasının kenarına koyup iki şeyi birbirine yaklaştırdı. Annem baktığı şeyi görene kadar yaklaşmamı işaret etti.

Mezuniyet kepi takmış genç bir adamın fotoğrafıydı bu. Oğlu olduğunu tahmin ettim.

Diğeri benim beysbol kartımdı.

Bakışlarını aynaya çevirip yansımamıza baktı, üçümüz garip bir aile portresi oluşturmuştuk. İlk kez beni gördüğünden emindim.

"Perdonare," (*) diye mırıldandı.

Ve etrafımızdaki her şey kayboldu.

(*) Bağışla.

Chick Hikâyesini Bitiriyor

Hiç ilk çocukluk anınızı hatırladığınız oldu mu? Benimki üç yaşıma ait. Yazdı. Evin yakınındaki parka karnaval gelmişti. Balon ve pamuk şeker vardı. Halat çekme yarışmasını bitirmiş bir grup adam çeşmenin etrafında sıralanmıştı.

Susamış olmalıydım, çünkü annem beni koltukaltlarımdan kaldırıp sıranın başına götürmüştü. O terli, gömleksiz adamların önüne geçip tek koluyla göğsümü sararak boşta kalan eliyle musluğu nasıl açtığını hatırlıyordum. Kulağıma şöyle fısıldamıştı. "Su iç, Charley." Ben de ayaklarım havada sallanırken öne eğilmiş, suyu içmiştim. Bütün o adamlar bizim işimizi bitirmemizi beklemişti. Annemin kolunu hâlâ göğsümde hissediyorum. Kabarcıklanan suyu hâlâ görebiliyorum. Bu benim en eski hatıram, anne ve oğul, tamamen kendi dünyamızdayız.

Şimdi, birlikte geçirdiğimiz bu günün sonunda aynı şey oluyor. Vücudumun paramparça olduğunu hissediyorum. Zorlukla hareket ettirebiliyorum. Ama annemin kolu göğsüme dolanıyor ve beni bir kez daha taşıdığını hissediyorum, yüzüme hava çarpıyor. Yalnızca karanlık görüyorum, sanki bir perdenin arkasında yolculuk yapıyoruz. Derken perde çekiliyor ve işte yıldızlar. Binlercesi. Annem beni ıslak çimenlerin üstüne yatırıyor, mahvolmuş ruhumu bu dünyaya geri gönderiyor.

"Anne..." Boğazım acıyordu. Sözcüklerin arasında yutkunmak zorunda kalıyordum. "O kadın?... Ne diyordu?"

Annem yavaşça omuzlarımı yere indirdi. "Bağışla."

"Onu mu? Babamı mı?"

Yüzüm toprağa değiyordu. Nemli kanın şakaklarımdan aşağı süzüldüğünü hissediyordum.

"Kendini," dedi.

Vücudum kilitlenmişti. Kollarımı ve bacaklarımı oynatamıyordum. Uzaklara gidiyordum. Ne kadar zamanım kalmıştı?

"Evet," dedim boğuk bir sesle.

Şaşkın görünüyordu.

"Evet, sen iyi bir anneydin."

Sırıtışını gizlemek için elini ağzına götürdü. Duyguyla dolup taşmak üzereydi.

"Yaşa," dedi.

"Hayır, bekle."

"Seni seviyorum, Charley."

Parmak uçlarını salladı. Ağlıyordum.

"Seni kaybedeceğim..."

Yüzü benimkinin üstünde yüzüyor gibiydi.

"Anneni kaybedemezsin, Charley. Ben burdayım."

Derken kocaman bir ışık onun görüntüsünü örttü.

"CHARLES BENETTO. BENİ DUYUYOR MUSUN?"

Uzuvlarımda bir şeyler hissettim.

"ŞİMDİ SENİ KALDIRACAĞIZ."

Onu geri getirmeyi istiyordum.

"BİZİMLE MİSİN, CHARLES?"

"Benle annem," diye mırıldandım.

Alnımda yumuşak bir öpücük hissettim.

"Annemle ben," diye düzeltti.

Ve gitti.

Gözlerimi zorlukla kırpıştırıyordum. Gökyüzünü görüyordum. Yıldızları. Derken yıldızlar düşmeye başladı. Yaklaştıkça büyüdüler, yuvarlak ve beyazdılar, beysbol topları gibi; ve ben onları yakalamak için eldivenimi açarmış gibi içgüdüsel olarak avuçlarımı açtım.

"DURUN. ELLERİNE BAKIN!"

Ses yumuşadı.

"CHARLES?"

Daha da yumuşadı.

"Charles?... Hey, işte burdasın, dostum. Bize geri döndün... HEY! ÇOCUKLAR!"

Fenerini diğer iki polis memuruna doğru salladı. Düşündüğüm gibi genç biriydi.

Chick'in Son Düşünceleri

Şimdi, dediğim gibi ilk oturduğunuzda benimle buraya gelmenizi beklemiyordum. Bu hikâyeyi daha önce anlatmadım, ama anlatmayı umuyordum. Bu fırsatı bekliyordum. Fırsat geldiği ve anlattığım için mutluyum.

Hayatımda pek çok şeyi unuttum, ama annemle geçirdiğim her anı hatırlıyorum, gördüğümüz insanları, konuştuğumuz şeyleri. Pek çok açıdan o kadar sıradandı ki, ama annemin dediği gibi sıradan bir anda gerçekten önemli bir şey bulabilirsiniz. Benim deli olduğumu düşünebilirsiniz, bütün bunları hayal ettiğimi. Ama ben ruhumun derinliklerinde bunlara inanıyorum: Bu dünyayla öteki dünya arasında bir yerlerde olan annem bana bir gün daha verdi, çok istediğim o günü ve size anlattığım her şeyi anlattı.

Eğer annem söylediyse inanırım.

"Yankıya neden olan şey nedir?" diye sormuştu bana bir keresinde.

Kaynak sona erdikten sonra sesin sürmesi.

"Yankıyı ne zaman duyabilirsin?"

Ortalık sessizken ve diğer bütün sesler emilmişken.

Ortalık sessizken annemin sesini hâlâ duyabiliyorum.

Hayatımı sona erdirmek istediğim için artık utanıyorum. Hayat o kadar değerli ki. Beni kederimden çekip çıkaracak kimse yoktu ve bu bir hataydı. İnsanların size yakın olmasına izin vermelisiniz. Onlara kalbinizi açmalısınız.

O zamandan beri geçen iki yılda neler olduğuna gelince, pek çok ayrıntı var: hastanede kalış, yapılan tedavi, bulunduğum yer. Şimdilik diyelim ki, pek çok açıdan şanslıydım. Hayattayım. Kimseyi öldürmemiştim. O günden beri her an ayığım, ama bazı günler diğerlerinden daha zor oluyor.

O gece hakkında çok düşündüm. Annemin hayatımı kurtardığına inanıyorum. Ayrıca inanıyorum ki ebeveynler, eğer sizi seviyorlarsa, sizi güvenle yaşadıkları girdabın üstünde tutabilirler ve bazen bu sizin onların nelere katlandıklarını bilmemeniz anlamına gelir, bu yüzden onlara normalde yapmayacağınız şekilde kaba davranabilirsiniz.

Ama her şeyin ardında bir hikâye var. Bir resmin duvara nasıl asıldığıyla ilgili. Yüzünüzdeki yaranın nasıl oluştuğuyla ilgili. Bazen hikâyeler basittir, bazense sert ve yürek burkucu. Ama bütün hikâyelerinizin arkasında her zaman annenizin hikâyesi vardır, çünkü onun hikâyesi sizin hikâyenizin başladığı yerdir.

Bu da benim annemin hikâyesiydi.

Ve benim.

Sevdiklerimle aramı yeniden düzeltmek istiyorum.

Son Söz

Charles "Chick" Benetto geçen ay öldü, intihar girişiminden beş yıl, o cumartesi sabahı karşılaşmamızdan üç yıl sonra.

Cenaze törenine çok az insan katılmıştı; yalnızca birkaç aile üyesi -eski karısı dahil- ve Pepperville Beach'den Chick'le su kulesine tırmanıp isimlerini tanka yazdıklarını hatırlayan birkaç çocukluk arkadaşı. Beysbol günlerinden kimse yoktu, ama Pittsburgh Pirates bir başsağlığı kartı gönderdi.

Babası oradaydı. Kilisenin arka tarafında durdu. Omuzları çökmüş, seyrek beyaz saçlı, zayıf bir adamdı. Kahverengi bir takım elbise giymiş, güneş gözlüğü takmıştı. Törenden hemen sonra da oradan ayrıldı.

Chick'in ölüm nedeni ani bir felçti, beynine giden ve onu hemen öldüren bir kan pıhtısı. Doktorlar araba kazasının neden olduğu kafa travmasından sonra kan damarlarının zayıflamış olabileceği tahmininde bulundular. Öldüğünde elli sekiz yaşındaydı. Herkes çok genç olduğu konusunda hemfikirdi.

"Hikâyesinin" ayrıntılarına gelince? Bu anlatılanları bir araya getirirken neredeyse hepsini kontrol ettim. O gece gerçekten de otobanın girişindeki rampada bir kaza olmuştu ve bir araba, giden bir minibüsün ön tarafını sıyırdıktan sonra şarampole uçmuş, bir reklam panosunu tahrip edip sürücüsünü çimenlerin üstüne fırlatmıştı.

Pepperville Beach'de Lehigh Sokağı'nda yaşayan Rose Templeton adında bir dul gerçekten vardı ve kazadan kısa bir süre sonra ölmüştü. Yine kısa bir süre sonra ölen Bayan Thelma Bradley de vardı. Yerel gazetelerdeki ölüm ilanında "emekli kâhya" olarak tanıtılmıştı.

Benettoların boşanmasından bir yıl sonra 1962 yılında Leonard Benetto ve Gianni Tusicci adına bir evlilik belgesi düzenlenmiş, daha önce İtalya'da evlendikleri doğrulanmıştı. Oğulları oldukları tahmin edilen Leo Tusicci 1960'ların başında Collingswood Lisesi'ne kaydedilmişti. Onunla ilgili başka bir kayıt yoktu.

Pauline "Posey" Benetto'ya gelince. Yetmiş dokuz yaşında kalp krizinden öldü ve hayatıyla ilgili ayrıntılar bu sayfalarda anlatılanlara uyuyor. Mizah anlayışı, sıcaklığı ve annelik bilgeliği hayatta kalan ailesi tarafından doğrulanıyor. Fotoğrafı hâlâ çalıştığı güzellik salonunda asılı. Fotoğrafta mavi önlük giyip halka küpeler takmış.

Chick Benetto'nun son yılları ona biraz mutluluk getirmiş gibiydi. Annesinin Pepperville Beach'deki evini satıp elde ettiği parayı kızına gönderdi. Daha sonra onun yakınında bir apartman dairesine taşındı. İlişkilerini yeniden kurdular. Cumartesileri "donut koşusuna" çıkıp kahve ve donut eşliğinde haftanın olaylarını birbirlerine anlattılar. Catherine Benetto'yla hiçbir zaman tamamen birleşmese de barış yaptılar ve düzenli aralarla konuştular.

Satıcılık günleri sona ermişti, ama ölümüne kadar yerel parklarda ve eğlence merkezlerinde yarım gün çalıştı. Organize oyunlarda tek bir kuralı vardı: Herkese oynama fırsatı verilecek.

Felç geçirmeden bir hafta önce zamanının kısaldığını hissediyor gibiydi. Etrafındakilere, "Beni bu günlerle hatırlayın, eski günlerle değil," dedi.

Annesinin yanına gömüldü.

İçinde bir hayalet geçtiği için buna hayalet hikâyesi diyebilirsiniz. Ama hangi ailenin bir hayalet hikâyesi yoktur ki? Kaybettiklerimizle ilgili hikâyeleri paylaşmak onları gerçekten kaybetmemizi engelleyen şeydir.

Ve Chick artık ölmüş olsa da hikâyesi ötekilerin arasından akıyor. Benim içimden geçiyor. Ben onun deli olduğunu düşünmüyorum. Annesiyle gerçekten bir gün geçirdiğine inanıyorum. Ve sevdiğiniz biriyle geçirilen bir gün her şeyi değiştirebilir.

Biliyorum. Çünkü Küçükler Ligi stadyumunun tribünlerinde ben de öyle bir gün geçirdim; dinlemek, sevmek, özür dilemek ve bağışlamak için bir gün. Ve yıllar sonra, taşıdığım bu erkek bebeğin adının gururla Charley olmasına karar vermek için.

Benim evlendikten sonraki adım Maria Lang.

Ama ondan önce Maria Benetto'ydum.

Chick Benetto benim babamdı.

Ve eğer babam söylediyse, inanırım.

Teşekkür

Yazar bu kitabı baskıya hazırladıkları için Leslie Wells ve Will Schwalbe'ye; sabrı ve inancı için Bob Miller'a; yorulmak bilmez destekleri için Ellen Archer, Jane Comins, Katie Wainright, Christine Ragasa, Sally, Anne McCartin, Sarah Schaffer ve Maha Khalil'e; harika sanatı için Phil Rose'a; dikkatli gözleri için Miriam Wenger ve David Lott'a teşekkür ediyor. Hâlâ her şeyi halletmekte olan Kerri Alexander'a; sayısız tavuklu akşam yemeğinde beni destekleyen David Black'e; ve özellikle bu hikâyeyi sessiz sabahlarda duyan, yüksek sesle okuyan ve sonunda kitaba ilk kez gülümseyen Janine'e özel teşekkürler. Ve kuşkusuz bu bir aile hikâyesi olduğu için; aileme, benden öncekilere, benden sonrakilere ve etrafımdakilere teşekkürler.